도서관은
사람으로
환하다

도서관에서 만난 **사서선생님**과 **사람들**의 이야기

이룸 · 다움 지음

도서관은
사람으로
환하다

생각나눔

"책은 세상의 향기를 머금지만,
도서관은 사람의 숨결로 빛난다."
도서관이라는 공간을 사람의 이야기로 풀어낸
가장 따뜻한 기록.
사서, 아이, 봉사자, 그리고 그 곁의 모든 사람들 ―
책을 넘어 '사람'을 품은 도서관의 하루가
여기에 있다.

이 글을

도서관의 하루를 묵묵히 지켜가는

모든 사서 선생님들께 바칩니다.

그들의 손끝에서 책은 다시 살아나고,

그들의 미소 속에서 세상은 잠시 쉬어갑니다.

누군가의 하루를 기억해주는 일,

그 고요한 마음을 오래도록 응원합니다.

책과 사람 사이

도서관의 고요함 속에는 수많은 이야기가 담겨 있다. 누군가 자신을 읽어줄 날을 기다리는 서가의 책도, 아이와 엄마, 학생과 직장인, 구직자, 은퇴한 노부부가 남긴 여러 사연도 함께 있다. 그런 그들을 늘 따뜻한 시선으로 가까이에서 지켜보며 도서관의 하루를 열어가는 사람들도 있다.

처음에는 우리도 그 마음을 잘 알지 못했다. 지금의 일을 시작하기 전까지만 해도 도서관을 그저 다양한 사람들이 와서 독서나 공부를 하고, 가끔 전시 같은 문화행사가 열리는 정도의 공간으로만 생각했다. 그 안에서 어떤 일이 일어나고 어떤 사람들이 그 하루를 움직이고 있는지 깊이 생각해 본 적이 없었다는 게 솔직한 표현일 것이다.

더욱이 나는 은퇴 전까지 평생을 직업 군인으로 살아왔다. 엄정한 규정과 일사불란한 지휘 체계가 우리의 일상을 상징했다. 명예와 헌신, 희생은 조직에서 강조하는 훌륭한 덕목이었지만 이로 인해 사사로운 감정은 당연히 후 순위로 미뤄야 할 때도 많았다.

이 책의 공동 저자인 다움 작가님도 본래 사업을 하던 분이었다. 빠르게 바뀌는 시장 안에서 결정을 내려야 하고, 성공과 실패가 숫자로 드러나는 사회. 아마 사업체의 영업 실적에 고민하는 시간이 누군가의 삶을 지켜보는 시간보다 훨씬 많았을 것이다.

그런 우리가 도서관에서 상호대차 업무를 맡게 되었다. 이용객들이 신청한 책을 적재하고 도서관에서 도서관으로 옮겨주는 일, 단순하고 반복적인 업무라 생각했다. 그러나 우리가 그 공간에 머무는 시간이 길어질수록 점점 그들의 하루가 우리의 일상 속으로 깊숙이 들어오기 시작했다.

아이들을 가족처럼 정성으로 대하는 사람, 폭우와 폭설, 코로나로 출근조차 어려운 순간에도 먼저 서로를 떠올리며 걱정하고, 때로는 민원에 시달리면서도 이용객이 신청한 책 한 권을 찾기 위해 온 도서관을 뒤져야 하는 이들.

그런 사서에게도 겨울의 시작은 늘 두렵다. 또다시 마주해야만 하는 채용의 관문 앞에서 막연한 불안과 어쩔 수 없이 움츠러드는 자신의 모습을 보게 된다. 그런 모습은 어쩌면 우리와도 많이 닮았다. 그 닮음이 자연스레 정서적 유대감으로 이어지기도 한다.

이 책은 우리가 가까이서 보아 온 사서 선생님들과 그 주변 사람들의 일상과 애환을 담았다. 업무 외적으로도 가끔은 이유 없이 벅차거나 슬프고, 가끔은 너무나 사소해서 흘려보내기 쉬운 순간들이 있지 않던가. 하지만 그런 순간들이 모여 도서관의 하루를 만들어왔다고 생각하면 어느 것 하나 소중하지 않은 것이 없다.

이 기록 속에는 누구의 이름도 등장하지 않는다. 그들이 어루만졌던 모든 시간의 흔적이 중요하기 때문이다. 바로 그것이 이 책을 쓰는 이유다. 책과 사람 사이, 그 따뜻한 간격이 만들고 담아낼 기록을 찾으러 여행을 떠난다.

2025년 만추의 어느 날에
이룸 · 다움 쓰다

차례

사서의 하루

아이 책을 모르는 사서

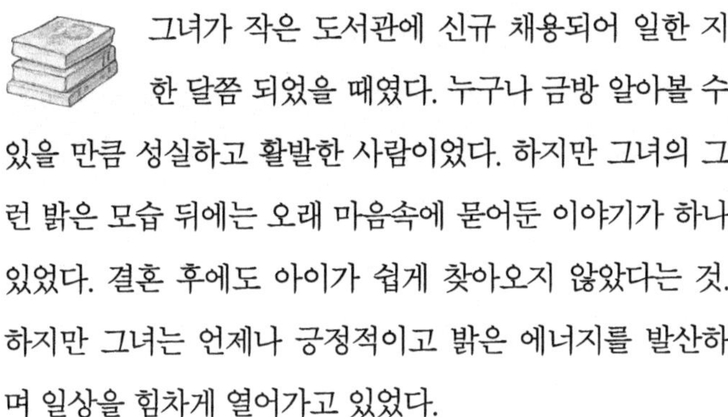그녀가 작은 도서관에 신규 채용되어 일한 지 한 달쯤 되었을 때였다. 누구나 금방 알아볼 수 있을 만큼 성실하고 활발한 사람이었다. 하지만 그녀의 그런 밝은 모습 뒤에는 오래 마음속에 묻어둔 이야기가 하나 있었다. 결혼 후에도 아이가 쉽게 찾아오지 않았다는 것. 하지만 그녀는 언제나 긍정적이고 밝은 에너지를 발산하며 일상을 힘차게 열어가고 있었다.

그러던 어느 날, 한 젊은 여성이 도서관에 책을 빌리러 찾아왔다. 책장을 한참 들여다보던 그녀가 요즘 아이들이 좋아하는 책이 어떤 건지 조심스레 물었다. 사서는 그 질문 앞에서 멈칫했다. 그렇게 어려운 질문이 아니었음에도 쉽게 대답을 하지 못했다. 경력도 짧은 데다 누군가는 자연스럽게 말할 수 있는 아이 취향이란 것도 그녀에게는 다소 생

소하고 막막한 영역이기 때문이었다.

그녀는 잠시의 침묵이 자신의 부족함을 드러내는 듯해 조금 당황스러웠다. 그날 이후 그녀는 스스로 답을 찾기로 했다. 혼자 도서관에 오는 아이들을 불러 가까이 앉히고 그들의 손에 들어가는 책을 하나씩 읽어주기 시작했다.

아이들은 솔직한 독자였다. 재미있으면 몸을 앞으로 기울였고 지루하면 금세 하품하고 눈을 돌렸다. 그 표정과 몸짓 하나하나가 그녀에게는 작은 힌트가 되었다. 그림을 볼 때나 책장을 넘길 때, 그다음 페이지를 기다리는 아이들의 표정 변화까지 그녀는 하나씩 관찰했다. 그 어떤 독서 지도보다 정확하고 현장감 넘치는 반응이었다.

사서는 아이들 표정 하나하나를 종합해서 작은 메모지에 적어 나갔다. '반응 좋음', '웃음 터짐', '다음에 또 읽어 달라 함' 같은 작고 은근한 기록들이 쌓였다. 며칠 뒤 다시 그 젊은 여성이 찾아왔다. 이번에는 사서의 손이 머뭇거리지 않았다.

그녀는 자신이 만든 리스트를 꺼내 또래 아이들이 특히

좋아하는 책들을 차분히 설명했다. 말문을 잇는 목소리에
는 확신이 실려 있었다. 그 젊은 엄마는 고맙다며 여러 권
을 빌려 갔다. 그리고 그 추천 목록은 어느새 다른 엄마들
에게도 퍼져 작은 도서관의 '믿을 만한 권장도서 리스트'가
되었다.

그녀는 아이들에게 책을 읽어주기 시작하면서 부족함처
럼 보였던 자리에서도 다른 능력이 자랄 수 있다는 사실을
알았다. 아이들의 꾸밈없는 표정과 몸짓을 통해 자신이 모
르는 세계를 조금씩 배워가고 있었다. 어떤 지식은 삶의 길
목에서 뒤늦게 찾아온다는 말뜻을 그녀는 비로소 알게 된
듯했다.

사서의 아침은 언제나 조금 일찍

사서의 아침은 도서관이 문을 여는 시간인 9시 보다 더 일찍 시작된다. 도서관을 조용하고 차분한 공간이라고 생각하겠지만 적어도 사서에게 있어서 오픈 직전의 도서관은 그야말로 긴박한 삶의 현장이다.

바닥 청소는 청소하시는 분들의 손길로 말끔하게 정리된다고 하더라도 책상 위의 작은 먼지들, 책장 사이에 숨어 있는 얇은 부스러기들은 대개 사서의 몫이다. 출근하자마자 먼저 하는 일은 창문을 활짝 열어 공기를 환기시키는 것.

그러나 환기가 항상 가능한 것도 아니다. 봄이면 꽃가루가 날리고 초여름에는 송화가루가 날아든다. 창문을 잠깐만 열어도 책상 위에는 송화가루가 다녀간 흔적을 남긴다. 사서들은 책상을 정리하며 꽃이 폈는지 졌는지 모르는 하루를 시작한다. 계절을 알려주는 건 창밖의 풍경이 아니라 책상에 쌓이는 가루의 종류일 때가 많다. 창밖의 꽃보다 먼지가 더 빠르게 눈에 띄기 때문이다.

여름에는 출근하자마자 에어컨이 잘 돌아가는지 확인해야 한다. 도서관은 시원해야 한다는 이용객들의 암묵적 합의 속에 에어컨 점검은 필수 체크리스트이다. 한번은 하필 가장 더운 날 에어컨이 꺼진 상태로 문을 먼저 열었다가 9시에 서둘러 에어컨 전원을 켰지만 이미 늦었다. 이용객들이 연신 땀을 닦아내며 마구 불만을 쏟아낸 것이다. 그날 사서들은 열대야보다 뜨거운 민원에 에어컨이 찬바람을 뿜기 시작할 때까지 마음속으로 여름을 원망하며 버텨야 했다.

겨울이면 또 난방이 문제다. 도서관은 이용객이 불편하지 않도록 종일 따뜻해야 하는데 아침에 출근하면 난방이 잘되고 있는지부터 확인해야 한다. 도서관이 따뜻해야 한다는 것도 보이지 않는 공공의 기대치라는 점에서 여름과 다르지 않다.

또 하나 사서의 아침을 바쁘게 만드는 건 전날 누군가 두고 간 자잘한 쓰레기들이다. 전날 밤 누군가 열심히 공부하다가 그대로 두고 간 휴지 조각, 사탕 봉지, 지우개 찌꺼기 등 누군가의 짧은 머무름이 남기고 간 흔적을 지워내야 한다. 그렇게 어제를 깨끗이 정리한 후에야 비로소 새로운 하루를 시작할 수 있다.

그런데 이 모든 일이 끝나기도 전에 문 앞에는 이미 사람들이 서 있다. 9시에 오픈이라고 안내해도 문이 조금이라도 열리기만 하면 스윽 들어오려는 사람들이 있다. 아마도 빨리 책을 읽고 싶은 마음보다는 좋은 자리를 차지하고 싶은 욕심이겠지.

그래도 사서들은 늘 문을 열고 웃음을 준비한다. 눈에 보이지 않는 여러 업무가 끝나야만 도서관의 하루가 시작된다는 걸 스스로 가장 잘 알기 때문이다. 이런 일들은 특별할 것도 없고 누군가 크게 알아주는 일도 아니지만 한 권의 책을 펴기 전 반드시 지나가는 통과의례라고 기꺼이 받아들인다.

간식 선생님과 아이, 그리고 책방의 오후

그 사서는 아이들을 참 좋아했다. 도서관 프로그램이 있는 날이면 직접 사비로 작은 과자와 주스를 준비했다. 아이들이 과자를 먹으며 깔깔거리는 소리가 도서관을 가득 채웠다. 책과 웃음소리가 뒤섞인 오후의 도서관은 활기가 넘쳤다.

퇴근길에 마트에 들러 과자를 고르는 일조차 즐거웠다. 과자 봉지에 찍힌 가격표가 조금 부담스러웠지만, 아이들이 좋아할 거라는 기대와 설렘을 안고 계산대 앞에서 망설이지 않고 카드를 꺼냈다. 그렇게 지출한 간식비가 2년 동안 차곡차곡 쌓여 어느새 약 4백여만 원 가까운 마이너스 통장으로 돌아왔다.

그 금액이 누군가에게는 큰돈일 수도, 아닐 수도 있다.

하지만 그녀는 계약직 근로자다. 월급에서 오롯이 자신을 위해 떼어내 쓸 만큼의 여유도 없다. 그럼에도 내가 근무하는 도서관을 찾는 아이들의 해맑은 눈빛을 떠올리면 이런 지출은 전혀 아깝다는 생각이 들지 않았다. 그녀는 그 일을 진심으로 좋아했다. 그래서일까? 다른 일을 시작하게 되었을 때 마음 한구석이 허전했다. 아쉬움이 컸지만, 가정을 위해서라도 새로운 길을 선택해야 할 시기였다.

그녀를 따르는 아이들이 많았다. 도서관 문이 열리자마자 달려와 안기는 아이, 새 책이 들어올 때마다 "선생님, 오늘은 어떤 책이에요?" 묻는 아이, 조용히 구석에 앉아 종일 그림만 그리던 아이. 그녀는 여전히 아이들의 이름을 하나하나 기억했다. 그런 그녀에게 있어 도서관을 떠난다는 건 단순히 퇴직이 아니라 이곳에서 함께 했던 시간과 인연까지 송두리째 끊어지는 느낌이 들 정도였다. 하지만 아이들에게 차마 그 사실을 미리 알리지 못했다.

그녀에게 도서관은 책보다 아이들이 먼저인 공간이었다. 그 작은 도서관에는 다문화 가정의 아이들도 많았다. 이름이 독특해 친구들 사이에서 쉽게 놀림 받던 한 아이는 한국어가 서툴러 책을 읽는 걸 싫어했다. 한동안 그 아이에게 책을 읽어주었다. 천천히 호흡을 맞추고, 문장을 가르칠 때는 아이의 눈높이에 맞춰 무릎을 굽혔다. 부모가 바빠서 내내 혼자 시간을 보내는 아이도 있었다. 그녀는 그런 아이들을 더욱 세심하게 챙겼다.

도서관을 찾은 아이들이 책을 읽지 않아도 괜찮았다. 아이들이 자신만의 언어로 책을 읽을 수 있도록 그림책을 한쪽 코너에 따로 마련했다. 그저 와서 앉아 쉬기만 해도 충분했다. 아이들은 그 조용한 공간 안에서 조금씩 변했다. 처음에는 어색하게 머뭇거리던 아이들이 이제는 먼저 인사를 하고 책을 골라달라고 말했다. 그 변화의 속도는 느렸을지 몰라도 속은 꽉 차기 시작했다.

그중에서도 유난히 눈길이 가는 아이가 있었다. 늘 말썽을 피우던 아이여서인지 자꾸만 마음이 쓰였다. 다른 아이들보다 도서관에 좀 더 오래 머물렀고 가끔은 이유 없이 짜증을 내기도 하지만 웃는 모습이 참 예쁜 아이였다. 그녀는 그 아이가 도서관에 오는 이유를 알 것 같았다. 그에게는 책이 아니라 누군가 자신을 바라봐주는 눈길이 필요했던 것이다.

어느 날, 그녀는 그 아이를 데리고 근처 전원의 작은 독립책방으로 향했다. 그곳은 오래된 절 비암사로 가는 길목에 있었다. 논과 밭이 이어지는 길을 지나면 햇살이 따스하게 내리쬐는 집 한 채가 있었다. 그 책방 1층을 지나서 계단을 따라 다락방 같은 2층으로 올라가면 뻥 뚫린 통창을 통해 전원풍경이 한눈에 들어왔다. 바람이 불면 이삭들이 황금빛 물결처럼 흔들렸다.

둘은 커피 향이 밴 오래되고 두툼한 원목 테이블에 책을 펴고 마주 앉았다. 말도 없이 책장만 넘기던 아이는 자신을 왜 여길 데리고 왔는지 물었다. 그녀는 "너와 함께 뭘 먹거나 어딜 갔던 기억이 없는 것 같아서"라고 짤막하게 대답할 뿐이었다. 아이는 며칠 전 친구를 때려 혼날 줄로 짐작했는지 의외의 대답에 안도하면서도 뭐라 할 말을 찾지 못하고는 창밖을 보며 애써 그녀의 눈길을 피했다. 그녀는 그 모습을 오래 바라보았다. 그동안 아이와 보낸 모든 시간이 한 장의 흑백사진 속에 담긴 듯했다.

며칠 후, 아이들이 도서관에 찾아와 선생님이 오늘 왜 안 나오셨는지를 물었다. 다른 선생님들로부터 전해 들은 그 말이 내내 귓가를 맴돌았다. 그녀도 도서관이, 아이들이 그리웠다. 그래서 토요일마다 도서관을 찾았다. 집에서 도서관까지는 꽤 먼 거리였지만 하루를 아이들과 온전히 보내려면 아침 일찍부터 서둘러야 했다.

여태 자신이 지켜왔던 공간이지만 지금은 사서 선생님이 아닌 그들의 눈높이 친구로 찾는 것이다. 도서관이라는 작은 세상에서 아이들이 따뜻한 기억을 가져가길 바라며 여전히 자신을 기다리고 있을 아이들을 위해 조용히 문을 열었다. 그녀는 그날 이후에도 한동안 토요일마다 도서관을 찾았다.

과자 한봉지보다 먼저 소모되는 것

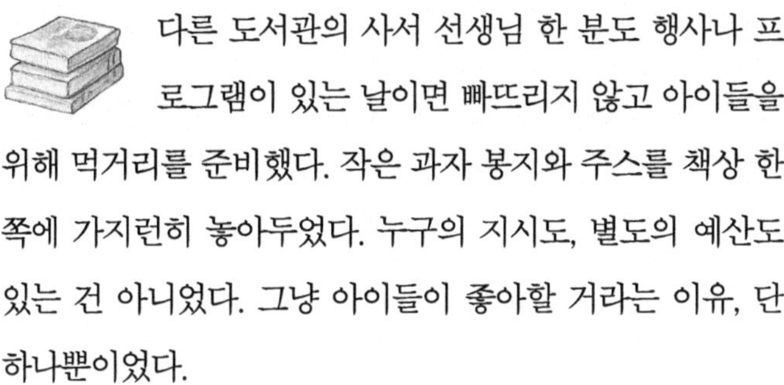 다른 도서관의 사서 선생님 한 분도 행사나 프로그램이 있는 날이면 빠뜨리지 않고 아이들을 위해 먹거리를 준비했다. 작은 과자 봉지와 주스를 책상 한쪽에 가지런히 놓아두었다. 누구의 지시도, 별도의 예산도 있는 건 아니었다. 그냥 아이들이 좋아할 거라는 이유, 단 하나뿐이었다.

이용객이 적은 도서관에 아이들의 웃음소리가 들리는 날이면 그녀의 하루는 조금 덜 삭막했다. 금요일마다 퇴근길에 편의점에 들러 과자를 고르는 일은 한 주를 마무리하고 새로운 한 주를 맞이하는 의식처럼 되어 있었다.

"애들이 이걸 좋아하려나?"

혼잣말처럼 중얼거리며 초콜릿 과자와 젤리, 종이팩 주스를 고르는 순간이 내심 뿌듯하기도 했다.

그런데 어느 날, 한 아이가 말했다.

"이런 거 다 저희 때문에 돈 나와서 사 오는 거잖아요."

사서는 잠시 숨을 멈췄다. 그 말의 속뜻을 알고 있었기에 더 아팠다. 그것들은 모두 그녀의 빠듯한 월급에서 조금씩 떼어낸 정성이었다. 아이의 말에는 단순한 호기심이 아니라 어른들이 자주 쓰는 현실의 언어가 섞여 있었다.

아이답지 않은 말투가 자꾸만 귓가에 맴돌았다. 이 보이지 않는 정성이 보상받기를 바란 적은 단 한 번도 없었다. 과자를 준비해 놓을 때마다 '이 아이들이 잠시라도 즐거웠으면' 하는 마음이 돈 이야기로 바뀌는 순간, 그간 자신이 품어온 마음이 초라해지는 기분을 느꼈다.

며칠 뒤에는 더 당황스러운 일이 있었다. 한 학부모가 전화를 걸어왔다.

"선생님, 우리 애는 집이 멀어서요. 퇴근하실 때 차로 좀 데려다주세요."

그 말속에는 어떤 정중함도, 망설임도 없었다. 그녀는 한동안 아무 말도 하지 못했다.

'내가 잘못 들은 걸까?'

그녀는 수화기를 내려놓고 한참 동안 창밖을 바라봤다.

화를 낼 기운도 없이 지는 해를 바라보는 마음은 싸늘했다. 그녀는 멘탈이 강한 편이 아니었다. 누군가의 사소한 말 한마디도 쉽게 상처가 되고 가슴에 오래 담아두는 사람이었다. 그 말이 어떤 의도로 나왔는지 그 안에 감춰진 뉘앙스는 무엇인지 밤새 되새기곤 했다.

사람들의 말은 종종 칼날처럼 다가오곤 한다. 좋은 마음으로 시작했던 일인데 어쩐지 그 마음이 조금씩 베어나가는 느낌이었다. 도서관의 환한 불빛 속에서도 그녀의 마음은 조금씩 식어갔다. 그렇게 누군가의 무심한 한마디가 그녀의 하루를 우울하게 만들곤 했다.

그날 이후에도 습관처럼, 책임처럼 그녀는 여전히 간식을 준비했다. 혹시 한 명의 아이라도 기다릴지 모른다는 생각이 그녀를 다시 움직이게 했다. 하지만 예전처럼 설레지는 않았다. 마음 어딘가에는 진심이 전해지지 않던 순간의 쓸쓸함이 덩그러니 남아 있었다. 다음 해 그녀는 채용공고에 지원하지 않았다. 그 이후로 도서관에서 그녀의 모습을 볼 수 없었다.

숫자와 마음 사이

 어렸을 적 도서관이나 서점 하면 막연한 동경이 있었다. 먼지가 켜켜이 쌓인 서가 사이로 아침 문을 열면 제일 먼저 들어오는 햇살과 유리문 틈으로 스며든 빛이 먼지를 금빛으로 띄워 올리는 풍경들이 그저 좋아서 언젠가 저 속에서 하루를 시작하는 사람이 되고 싶었다.

오늘도 출근과 함께 익숙한 공기를 들이마시며 하루의 첫 숨을 고른다. 책을 정리하고 전날 반납된 책들의 표지를 닦는다. 손끝에 닿는 종이의 감촉, 오래된 책에서 풍기는 특유의 냄새는 이제 더는 낯설지 않다.

도서관의 아침 속에는 드러나지 않는 작은 부담감도 숨어 있다. 이용객이 적은 날에는 '왜 이렇게 조용하지?' 하는 불안이, 많은 날에는 '오늘도 별일 없이 지나가겠지?' 하는 조심스러움이 깃든다. 이렇게 도서관에서 지내는 하루하루는 늘 보이지 않는 긴장감이 흐른다.

읍면 도서관의 사서들은 대부분 혼자 근무한다. 대출, 반납, 프로그램 운영, 행정 처리, 민원 응대, 모든 일이 한 사람의 손끝에서 흘러간다. 잠깐 자리를 비우는 일조차 쉽지 않다. 그 빈자리가 곧 이용객의 불편으로 다가올 수도 있기 때문이다. 누구나 쉬는 시간이 있지만 사서가 없는 데스크는 자주 자리를 비우는 사람이라는 오해를 받기도 쉽다.

이용객이 적다고 해서 사서가 잘못한 건 아니지만 언제나 숫자로 기록하는 세상의 평가는 다르다. 얼마나 많은 사람이 왔는가'가 '얼마나 성실했는가'를 대신한다. 통계 속에 열정의 무게는 계산되지 않는다는 사실을 그들은 잘 안다. 그래도 때로는 한 마디의 감사 인사와 한 아이의 웃음이 하루를 버티게 한다.

어쩌다 이용객으로부터 항의라도 받은 날이면 괜히 어깨가 무거워진다. 잘못한 것이 없는데도 왠지 부족한 기분이 든다. 그럴 땐 문득 어린 시절의 도서관이 떠오른다. 그때는 도서관을 책 냄새와 햇살이 가득한 조용한 낙원으로만 생각했다. 하지만 그 평화는 누군가의 손끝에서 매일 새로이 지켜내야 하는 일이라는 걸 이제는 안다.

책장에 먼지가 쌓이지 않게, 그리고 누군가 찾았을 때 닫힌 문을 보며 돌아서지 않도록 반복된 하루를 보낸다. 도서관의 문을 연다는 건 단순한 출근이 아니라 세상을 조금이라도 밝히는 행위처럼 느껴진다. 오늘도 그들은 조용히 책을 정리하며 또 하루를 이어간다.

책은 생각보다 무겁다. 요즘은 제본도 단단하고 종이 질도 좋다. 종일 정리하다 보면 손목이 시큰거린다. 욱신거리는 손가락 마디마디를 주무르며 사서들끼리 하는 말이 있다.

"우린 고생을 사서 하는 사람들이잖아요."

농담처럼 들리지만, 그 짧은 말 안에는 그녀들이 하고 싶은 말이 다 녹아있다. 때로는 아쉬움으로, 때로는 보람으로.

어린 날에는 책 속에 세상이 다 들어있다고 생각했으나 이제는 세상은 책장 속에만 있지 않다는 것도 안다. 책 무게보다 익숙한 삶의 무게를 느낀다. 그들의 마음속에 어느새 인생 도서관이 들어서 있다.

눈보다 빠르게 찾아오는 채용공고

겨울이 오면 도서관의 공기도 달라지고 사람들의 마음도 조금씩 초조해진다. 그때쯤이면 사서들은 또 한 번의 서류를 준비해야 하기 때문이다. 경력증명서, 자기소개서, 각종 증빙 서류들. 그 파일철을 꾸릴 때마다 손끝이 조금씩 무거워진다. 채용 시기가 다가올수록 다들 민감해지고 불안을 겉으로 드러내지 않으려 애쓰며 버틴다.

도서관에서 가장 어려운 점이 무엇이냐고 묻는다면 민원도 아니고 늦은 퇴근도 아니다. 가장 어려운 건 바로 재채용이다. 내년에도 같은 자리에서 책을 만질 수 있을까? 그 단순한 질문이 한 해의 마지막을 무겁게 만든다.

지원자는 해마다 늘어난다. 나이가 있는 사서는 딸 또래의 지원자 옆에 앉아 순서를 기다린다. 한쪽에서는 젊은이들의 웃음소리가 들리고 다른 쪽에서는 오래 일한 이들의 손끝이 떨린다.

"이번에도 괜찮을까."

그 생각이 머리를 스친다. 합격할 때도 있었고 낙방할 때도 있었다. 결과에 익숙해질 법도 하지만 면접장의 문을 닫고 나올 때마다 가슴은 여전히 콩닥거린다.

예순을 바라보는 한 사서는 딸뻘 되는 젊은 사서와 함께 근무했다. 처음에는 세대 차이가 걱정됐지만, 다행히 결이 맞아 함께 일을 하는 동안 그 젊은 사서를 마치 자식을 품어주는 마음으로 지냈다. 좋은 일은 먼저 챙겨주려 노력했고 꼰대스럽지 않게 좋은 소리를 해주려고 조심했다. 젊은 사서 역시 엄마처럼 따르고 그 마음을 고마워했다. 하지만 연말이 다가오면 둘은 이제 동료가 아니라 경쟁자가 된다. 같은 공고문을 보고 같은 자리에 지원서를 낸다.

늘 선택을 요구하는 세상에서 둘 다 붙으면 좋겠지만 우리 삶에는 꼭 해피 엔딩만 있는 건 아니다. 합격자 명단이 게시되던 날이었다. 젊은 사서의 이름이 있었다. 그녀는 잠시 화면을 바라보다가 천천히 숨을 내쉬었다. 가슴 한구석이 아려왔지만 젊은 사서가 붙은 게 오히려 다행이라는 생각이 들어 애써 괜찮다며 자신을 다독였다. 그러나 화면을 끄고 돌아서는 발걸음은 생각과 달리 무거웠다. 뭔지 모를 서운함이 가슴 속으로 밀려왔다.

이렇듯 연말이 다가오면 관계의 결이 달라진다. 책을 옮기듯 사람도 자리를 옮긴다. 익숙할 법도 한데 여전히 낯선 일이다. 합격해도 원하는 곳으로 가는 일은 드물다. 물론 도서관의 위치만 달라질 뿐 어느 곳이든 일은 언제나 같다. 고용이 불안정해도, 수당이 적어도, 사람의 손으로 책을 만지고 사람의 얼굴을 마주할 수 있다는 것, 그것만으로도 도서관에서 보내는 하루는 충분히 의미가 있을 거라고 자신을 다독인다.

어둠이 짙게 깔리고 도서관 불빛이 창밖으로 새어 나왔다. 바깥에는 눈이 소복하게 내리고 있었다. 책은 늘 있던 그 자리에 있을지라도 그 안에서 살아가는 사람들의 마음은 매년 다른 겨울을 맞는다. 떠나는 사람, 남는 사람 그 모든 마음이 모여 도서관을 또 하나의 계절로 만든다.

제2부

도서관의 얼굴들

빈백 위의 희망이

면사무소 옆, 대추나무 과수원 앞에 자리한 작은 2층 도서관이 있었다. 그 도서관 옆으로는 작은 하천이 흐르고 그 물길을 따라 논밭이 널찍하게 펼쳐져 있다. 하천 위를 지나는 교량에는 영(令)이라 쓰인 깃발이 마치 도서관의 관문을 지키기라도 하듯 좌우 난간에 꽂혀 있다. 그제야 생각났다. 이곳은 김종서 장군의 사당과 묘소가 지척에 있는 곳이라고. 그래서인지 이곳에서 보는 하늘은 유달리 더 푸르다.

이곳에 매일 오후 비슷한 시각이면 나타나는 아이가 있었다. 초등학교 저학년쯤 되어 보이는 여자아이의 이름은 희망이었다. 희망이는 근처 전원마을에 살았다. 마을은 논과 밭 사이로 차 한 대가 겨우 다닐 말한 좁은 길을 지나서 있다. 그곳에서 학교까지는 어린아이의 걸음으로는 한참

먼 거리였다. 그래서인지 하교 후에는 늘 도서관에 들러 엄
마의 퇴근을 기다리곤 했다.

도서관은 크지 않았다. 누가 읽을까 싶은 전집이 꽂혀있
는 유아 코너 구석에 커다란 헝겊 의자 하나가 있었는데 그
곳이 희망이 자리였다. 언제나처럼 그 빈백에 앉은 아이는
가방을 옆에 내려놓고 천천히 책을 펼쳤다. 손가락이 한 페
이지씩 넘길 때마다 아이의 숨소리와 손놀림은 느려졌고
이내 졸음이 찾아왔다.

이윽고 아이의 머리가 책 위로 툭 떨어졌다. 오후의 도서
관은 그렇게 평화로웠다. 창 블라인드 사이로 스며든 햇살
이 아이의 책을 돋보기 마냥 비추는 동안 희망이는 어느새
쌔근쌔근 숨소리를 내며 꿈나라로 빠져들었다. 그때만큼은
세상의 모든 움직임이 정지된 듯 고요했다.

얼마나 지났을까? 도서관 문이 조심스럽게 열렸다.
"오늘도 잘 있었어, 우리 희망이?"
소곤거리는 목소리에 아이의 눈동자가 반짝이며 깨어났
다. 졸음이 아직 남은 얼굴에는 미소가 번졌다. 엄마는 사
서에게 고개를 숙이며 인사했다.

"항상 고맙습니다. 마을에 도서관이 있어서 얼마나 다행인지 몰라요."

아이는 엄마의 손을 꼭 잡고 문을 나섰다. 사서의 시야에서 두 사람의 뒷모습이 점점 사라져간다. 그날 이후, 희망이가 앉던 의자에는 누군가 포근한 담요를 올려두었다. 아마도 작은 도서관을 혼자서 종일 지키는 사서 선생님의 배려였으리라.

도서관은 책을 읽는 곳이면서도 이처럼 누군가를 기다려주는 장소이기도 하다. 희망이가 졸며 꿈나라에서 엄마의 퇴근을 기다리는 동안 바깥 하늘에서는 그들이 사는 마을 위로 아름다운 노을이 펼쳐진다. 그 도서관은 한 아이와 엄마 그리고 그들을 지켜보는 사서 선생님의 따뜻한 마음이 담긴 또 하나의 가정이자 작은 마을이었다.

물건은 남고 사람은 잊는다

도서관 입구 한쪽에는 유실물 보관함이 있다. 작은 장식장 같은 책장 안에는 누군가 두고 간 물건들이 질서 있게 정리되어 있었다. 돋보기, 텀블러, 지갑, 손수건, 베개, 방석, 슬리퍼, 경량 패딩, 그리고 이름 없는 책 몇 권. 얼핏 봐도 꽤 다양한 물건들이다.

그 물건들은 꽤 오래 또는 각기 다른 시간 동안 주인의 흔적이 묻어 있던 거였다. 버릴 때가 된 것처럼 헤지거나 닳아 있는 것도 있고 어떤 것은 새것처럼 반짝이는 것도 있다. 하지만 그들을 대하는 늘 같은 손길이 있었다. 사서의 손이었다.

그녀는 습득한 물건마다 정성스레 작은 메모를 붙였다.
'2층 창가 좌석 아래에서 발견.'

‘아동 코너 소파 옆.’

날짜까지 기록한 메모지는 마치 누군가가 이곳에서 보낸 하루를 다시 찾고 정리하는 일처럼 보였다. 엉뚱하게도 가끔은 공부하러 와서 자기 책을 두고 간 이들도 있다. 어느 날엔가 표지 안쪽에는 연필로 어지럽게 밑줄이 그어진 복잡한 공무원 수험서도 놓여있었다.

‘이 사람은 과연 합격했을까? 아니면 이 책을 놓고 간 순간 시험에 대한 마음도 함께 내려놓았을까?’

차라리 합격의 기쁨에 들떠 수험서를 잠시 잊어버린 쪽이면 좋겠다는 생각이 들었다. 그녀는 책을 손에 들고 한참 바라보다 눈에 잘 뜨이도록 유실물함 맨 위 칸에 올려두었다.

오늘은 사람들이 돌아간 후 텅 빈 열람실을 돌아보다가 의자에 걸쳐진 채 주인을 기다리는 재킷을 발견하며 슬며시 미소를 짓는다. 그 옷을 걸어 놓은 채 그대로 귀가한 사람, 아마도 이전에도 그랬다가 다음 날 멋쩍은 웃음과 함께 다시 찾으러 왔던 그분의 재킷일 것이다.

그러다 또 하나 묵직한 가죽가방이 보인다. 명품은 아닐지라도 손때가 곱게 묻은 모양새가 제법 멋스럽다. 분실자의 소지품이라 열어보지는 않았지만 살짝 열린 지퍼 사이에는 지갑도, 필기도구도, 화장품도 보이지 않았다. 얼핏 보이는 내부의 모습만으로 그냥 가방 주인은 남자이려니 하고 만다.

도서관에는 이처럼 물품을 놔둔 채 어디서 잃어버렸는지 조차 잊어버린 사람도 있고 누군가는 다시 찾으러 오길 기다리는 사람도 있다. 언제나처럼 도서관은 말없이 그들의 움직임을 담아내며 오늘도 그렇게 또 하루를 쌓아간다.

스마일 쌤

우리는 그녀를 '스마일 쌤'이라고 부른다. 누가 붙였는지 기억나지 않아도 이제는 다들 그렇게 부른다. 책을 대출하러 오는 사람에게도, 매일 들리는 상호 대차팀에게도 그녀는 언제나 밝고 환한 표정으로 인사했다. 그녀의 말과 표정에는 진심에서 비롯된 따뜻함이 담겨 있었다.

사실 그녀는 오랜 세월 동안 가정에 머물렀다. 육아는 그녀를 그 이전과는 완전히 다른 세상으로 안내했다. 첫 아이가 태어나고부터 그녀의 하루는 온전히 누군가의 엄마로 채워졌다. 대학원을 졸업하고 직장을 다니던 시간이 과거의 기억 속으로 사라지고 그녀와 사회와의 거리는 점점 멀어졌다.

둘째가 다섯 살이 되던 해가 되자 그녀는 오랜 고민 끝에 도서관의 문을 두드려 볼 것을 결심했다. 다시 일하기에는 늦었다고 미리 포기할 필요도, 이유도 없다고 생각했다. 채용이 이뤄진다면 아직 어린 둘째는 퇴근할 때까지 유아원에 잠시 맡기기로 했다.

합격 통지를 받고 첫 출근을 한 날, 그녀의 눈빛은 초여름 하늘보다 맑았다.

"다시 일을 시작하니까 어때요?" 내가 묻자 그녀는 환하게 웃으며 대답했다.

"너무 좋아요. 선생님. 진짜로요."

그녀의 말 속에는 자신의 삶을 다시 찾았다는 자신감이 들어있었다. 그녀의 미소는 곧 그 도서관의 풍경이 되었다.

도서관 일을 하며 알게 된 지인들과 조촐한 회식이 있던 날, 그녀의 마음은 온종일 설렜다. 서울로 출퇴근하는 남편은 아내를 위해 아예 오후 반일 휴가를 내고 일찍 세종으로 귀가해서 대신 육아를 맡았다. 누군가에게는 귀찮고 내키지 않는 회식 자리조차 그녀에게는 일상을 회복하며 되찾은 큰 행복이었다.

가끔은 그녀가 직접 끓인 차를 우리 모두에게 건넬 때도 있다.

"오늘도 고생 많으셨어요. 선생님들. 파이팅!"

우리는 그 한 잔의 차와 그 한마디의 말에 큰 감동과 보람을 느끼곤 했다. 그녀의 마음을 담은 미소는 언제나 변함없이 도서관을 환하게 비춘다. 우리가 부르는 애칭 속에는 그녀에 대한 존중과 애정의 마음이 함께 담겨 있다.

공사 구분 못 하는 운영위원장님

 각 도서관에는 도서관 운영위원장과 운영위원
들이 있다. 그들은 도서관을 사랑하고, 마을의
문화를 아낀다는 마음으로 모인 사람들이었다. 하지만 세
상 모든 일이 언제나 그렇듯이 초심만으로 모든 관계나 일
이 매끄럽게 흘러가지는 않는다. 당연하게도 그중에는 사
서를 상당히 난처하게 만드는 사람도 있었다.

하루는 데스크 앞에서 그가 말했다.

"이 서류 좀 컴퓨터로 작성해주실 수 있을까요?"

그 서류는 도서관 업무와는 아무 관련도 없는, 순전히 개
인적인 행정 서류였다. 그 사서 선생님은 순간 대꾸할 말을
잊었다.

'이건 내 일이 아닌데….'

속으로는 그렇게 생각하면서도 끝내 입 밖으로 내뱉지는

못했다. 아는 안면에 거절하면 분위기가 어색해질 것 같아서 결국 몇 번은 그 부탁을 들어주고 말았다.

어쩌면 그 사람은 그런 부탁이 잘못된 일인지조차 몰랐을지 모른다. 도움을 받는 일이 늘 익숙하거나 자연스러웠던 사람일 수도 있다. 그러나 그런 일이 하나둘 쌓일수록 조금씩 불쾌해지기 시작했다. 가끔은 가슴이 답답하고 이유 없이 짜증이 밀려오기도 했다. 그건 피로가 아니라 그녀의 마음에 생채기가 날 때 나타나곤 하던 불만의 표시였다.

며칠 뒤, 평소처럼 책을 반납하러 온 한 어르신이 데스크 앞에 섰다. 그는 늘 돋보기를 끼고 천천히 페이지를 넘기는 사람이었다.

"선생님 덕분에 이 도서관에 오면 늘 마음이 편해져요."

그 말 한마디에 그녀의 얼굴에 환한 미소가 번진다. 도서관은 책으로 채워진 공간이지만 결국 사람으로 완성되는 곳이다. 어떤 날은 한 권의 책이 마음을 달래주고 또 어떤 날은 한 사람의 말 한마디가 큰 위로가 된다는 사실을 새삼 깨달았다.

그날 이후로 그녀는 누군가의 부탁을 받을 때마다 잠시

멈춰 생각했다.

'이건 친절일까? 아니면 현실 타협일까?'

그 판단의 경계는 여전히 모호했지만, 그녀는 하나씩 하나씩 자신만의 기준을 정해 나가며 다시 제 자리를 찾았다.

코로나와 도서관 지킴이

벌써 기억조차 가물가물해진 코로나가 한창 기승을 부리던 무렵, 그 지역의 순회 사서는 단 한 명뿐이었다. 사서가 코로나 확진 판정을 받으면 그 주일에는 도서관 문을 열 사람이 아예 없었다. 도서관은 잠겨져 있었고 책들은 누군가의 손길을 기다리는 신세가 되어 하염없이 자리만 차지하고 있었다.

그럴 때마다 사서 대신 도서관의 문을 열어야 할 사람이 필요했다. 그 역할을 맡은 사람 중에는 그곳 도서관 운영위원장도 있었다. 전직 교사 출신도 있었고 농사를 짓는 분도 있었다. 그중 한 분은 그 지역의 부녀회장을 겸하고 있었는데 한창 바쁜 농번기에도 상호대차 차량이 오는 날에는 빠짐없이 자리를 지켰다. 논일이 한창인 날에도 혹시나 늦을세라 작업용 모자를 눌러쓴 채 급히 달려와 도서관 문을 열곤 했다.

이 작은 도서관 안에는 마을의 자부심과 숨결이 머물러 있었다. 책을 빌리는 사람보다 지키는 사람이 더 귀하던 시절이었다. 코로나 위기단계가 하향된 후 어느 날 운영위원장은 문을 열어 환기를 시키고 나서 도착한 상호대차 책들을 받아내고는 커피포트에 물을 올렸다. 사람의 왕래조차 조심스럽던 그 시절에는 종이 커피 한잔도 크나큰 위안이었다.

그녀는 종이컵에 봉지 커피를 손수 타서 내밀며 말했다. "이런 비상시국에 먼 길 오시느라 고생이 많으시지요?" 뜨거운 김이 모락모락 올라오는 종이컵을 받아들며 마스크를 한쪽으로 잠시 내려놓는 그들의 눈빛 속에는 감사의 마음이 담겼다. 그녀가 있던 도서관에는 마치 작은 북카페처럼 책과 커피와 사람 냄새가 공존하는 곳이었다.

하지만 모든 곳이 그런 건 아니었다. 문이 잠긴 채 아무도 나타나지 않은 곳도 있었다. 차량에 책을 가득 실은 상호대차팀은 주차장에서 한참을 기다렸다. 유리문 너머 보이는 꺼진 도서관의 불빛이 마치 멈춘 시계처럼 느껴졌다.

어떨 때는 면사무소 공무원이 와서 비상열쇠를 꽂아 문을 열어 줄 때도 있었다. 그들은 조용히 가져온 책을 내려놓고 상자에 새 책을 담아 떠났다.

그래도 사람들은 그 시절을 버텼다. 누군가 대신 문을 열어주는 사람도, 그 안에서 책을 지키는 사람도 있었다. 그 마음들이 이어져 도서관만은 끝내 닫히지 않았다. 그 시절 도서관을 지탱한 건 종이 커피 속에 피어오르는 서로 간의 책임감 같은 연대의식이었을 것이다. 그 작은 정성들이 모이고 그 문을 여는 손길 하나하나가 이 마을의 책과 사람을 이어주는 힘이었다.

출몰하는 남자

도서관은 조용한 공간이다. 아니, 적어도 그래야 한다. 하지만 그 조용함 속에도 늘 크고 작은 파문이 있다. 그리고 그 파문은 언제나 예고 없이 찾아온다.

그는 매일 아침 같이 나타났다. 회색 노트북 가방을 어깨에 메고선 천천히 데스크 앞을 스쳐 지나간다. 나이 지긋한 장년에다 말투도 점잖았다. 얼핏 보면 열람실 한 자리를 차지한 평범한 이용객 같았다. 하지만 사서들은 그의 모습을 보는 순간, 눈빛이 긴장으로 바뀐다.

그곳에서 그의 이름은 '출몰이'로 통했다. 도서관 직원들은 그의 등장을 마치 날씨 예보처럼 주고받곤 했다. 그는 늘 같은 자리에 앉았다. 창가 쪽 네 번째 테이블, 콘센트 바로 앞. 하지만 컴퓨터를 켜는 순간 도서관의 고요한 공기는 다른 세계로 바뀌었다. 고스톱 게임의 화면이 펼쳐진 채 마우스 클릭 소리가 계속 이어진다.

"딸각, 딸각, 딸각."

그 소리가 조용한 열람실 안에서 유난히 선명했다. 그 클릭 음은 당연하게도 책장을 넘기는 소리보다 훨씬 멀리 퍼졌다. 옆자리에서 책을 읽던 이용객이 고개를 들었고 노트북으로 뭔가를 검색하며 과제를 하던 학생은 긴 한숨을 쉬었다.

'또 시작이네.'

그들도 처음에는 참았다. 도서관은 누구에게나 열린 공간이니까. 하지만 참다 참다 못해 결국 옆자리 이용객이 사서에게로 와서 말했다.

"저분 좀 조치해 주세요. 옆에서 고스톱 게임하는데 마우스 클릭 소리 때문에 집중도 안 되고 너무 불편해요."

사서는 조심스럽게 다가갔다.

"선생님, 죄송하지만 여기서 게임을 하기엔…."

그 말이 끝나기도 전에 그는 고개를 들고 말했다.

"이게 무슨 불법입니까? 전혀 시끄럽지도 않은데요."

그 말투는 너무도 당당했고 적반하장 같은 태도도 섞여 있었다. 그를 설득시키기 위해 안간힘을 써야 했다.

이런 이들에 대한 조치 규정이 없는 건 아니다. 하지만 그들은 처음부터 의도했던 행동인지 모르겠지만 최소한의 도덕과 상식조차 인정하지 않으려 하는 사람들이다. 많은 사람이 공공의 공간이라고 알고 있는 도서관은 그만큼 회색지대도 많은 곳이다. 그 중간에서 사서들은 늘 곤란에 빠진다.

어찌어찌 설득해서 겨우 그를 내보냈다. 사서는 '휴!' 하고 긴 한숨을 쉰다. 그를 막으면 항의가 돌아올 테고 그냥 두면 이용객의 민원이 쌓이는 일이다. 그래도 이런 경우 도서관의 분위기와 질서 유지를 위해서라도 그냥 지나칠 수는 없다. 규정을 떠나 그런 행동을 하는 그를 아무런 제재 없이 그냥 둔다는 것은 스스로에게도 용납할 수 없는 일이다.

그가 몇 달간 보이지 않았을 때, 사서들은 한동안 평화의 시간을 보낼 수 있었다.
"요즘 안 나타나시네? 어디 취업이라도 하셨나?"

그 평화가 오래가진 않았다. 어느 날 오후, 문이 열리고 낮익은 그림자가 들어왔다. 회색 노트북 가방, 익숙한 걸음걸이.

'세상에나. 또….'

도서관의 공기가 미묘하게 긴장했다. 그는 당당하게 마치 자신의 전유물이라도 되는 것처럼 언제나 앉던 그 자리 앞에 섰다.

'오늘은 또 무슨 일이 벌어지는 걸까?'

심장이 벌써 두근거린다. 도서 반납과 대출이 이뤄지는 접수대에 앉은 사서는 틈틈이 그의 일거수일투족을 곁눈질로 바라보기 시작했다.

천사들의 합창

도서관에는 가끔 천사들이 찾아오는 날이 있다. 동네 어린이집이나 유치원 아이들의 견학이 바로 그날이다. 앙증맞은 작은 손을 서로 꼭 잡고 고운 목소리로 서로의 이름을 부르며 줄을 선다. 엘리베이터 문이 열리자 아이들의 눈이 반짝였다. 엘리베이터에 20여 명이 탑승할 수 있다는 것도 그때 처음 알았다. 물론 어린 유아들이니까 충분히 가능한 일인 거겠지.

유치원보다도 몇 배는 커 보이는 거대한 책의 나라에 들어선 아이들은 마치 신기한 별나라에라도 들어온 듯 주위를 연신 두리번거렸다. 인솔 선생님들은 혹시나 아이들의 소란이 도서관 이용객들께 폐가 될까 봐 둘째 손가락을 입에 대며 속삭였다.

"쉿! 조용, 조용…."

아이들도 선생님 말씀대로 여전히 서로의 손을 잡은 채 조심조심 도서관 안쪽 깊숙이 들어간다. 그때였다. 열람실 한쪽에서 공부하던 한 어르신이 아이들을 바라보다가 밝은 목소리로 말했다.

"아이고, 귀여워라. 안녕?"

그 한마디가 기폭제가 되었을까? 순식간에 아이들이 일제히 입을 열기 시작한다.

"안녕하세요!"

"안녕하세요!"

"안녕하세요!"

어린 천사들이 마치 합창이라도 하듯 여기저기에서 동시에 머리를 숙여 가며 인사를 한다. 침묵을 깨트린 아이들의 돌발행동에 인솔교사들은 당황해서 어쩔 줄 몰라 했고, 이미 이런 상황에 익숙한 사서 선생님들은 그럴 줄 알았다는 듯 킥킥대며 웃는다.

어떤 날은 아예 처음부터 군대 행진하듯, 보무도 당당하게 열을 지어 입장할 때도 있다. 아마도 인솔교사들의 성향 차이일 듯도 하다. 앞에서처럼 "쉿!" 하며 아이들을 조용히 입장시키는 선생님들이 대부분이지만 간혹 너무나 자신 있고 당당한 말투로 아이들을 다그쳐 가며 입장을 하기도 한다.

"너희들, 어떻게 하라고 했어? 안녕하세요! 하고 인사하라고 했지?"

그러자 아이들은 여기저기서 또 "안녕하세요!"를 외친다. 입구의 사서 선생님들과 자원봉사 선생님들은 따뜻한 미소로 아이들을 환대한다. 그런 모습을 보며 가끔은 나 자신도 헷갈리기도 한다. 아이들에게는 도서관 이용하는 방법을 어떻게 가르치는 것이 올바른 것일까?

잠시 후 모두 돌아가고 난 도서관에는 아이들이 스쳐 간 수많은 흔적이 남아 있었다. 책장 사이사이에는 아이들의 손이 뽑아놓은 책들이 삐죽이 나와 있거나 여기저기 흐트러져 있었다. 사서 선생님들은 다시 그 책들을 한 권 한 권씩 제자리에 꽂았다. 책 표지에 남아 있는 손자국 흔적에는 천사의 얼굴을 한 천진난만한 아이들의 미소가 담겨 있었다.

유명시인 초청 강연회와 빈자리

조그만 동 단위 도서관에서는 보기 드문 유명 시인 초청 강연회가 있는 날이었다. 많은 이들이 그의 시를 즐겨 암송할 만큼 널리 알려진 시인으로 도서관이나 서점에서도 그의 시집은 여전히 인기가 높다. 짧고도 쉬워 보이는 몇 줄의 시어 속에 톡 터질 듯한 감성을 담아내는 그의 시는 읽을수록 맛이 있다. 유명한 꽃 시 연작 시리즈가 그런 것처럼.

한참 전부터 포스터가 붙고 직원들은 의자 배치와 음향 설비 등을 세밀하게 체크 해가며 행사준비를 마쳤다. 그러나 막상 행사 시간이 다가왔음에도 준비한 의자 스무 개는 절반도 채워지지 않았다. 행사 담당자는 이리저리 왔다 갔다 하며 그야말로 노심초사, 좌불안석이었다.

마이크를 쥐고 선 시인의 얼굴에 미묘한 표정 변화가 엿보인다. 그것은 마치 자신이 이런 대접을 받을만한 사람이 아니라는 듯 불쾌함을 살짝 드러내는 얼굴처럼 비쳤다. 그런 짧은 침묵과 불편해 보이는 표정은 그러잖아도 어색하기만 한 분위기를 더욱 가라앉도록 만들었다.

그때 마침 엄마의 손을 잡은 아이 몇 명이 도서관 안으로 들어왔다. 책을 빌리러 왔다가 행사 안내를 듣고 잠시 머문 모양이었다. 얼른 그들을 빈자리에 앉혔다. 처음에는 시인도 마뜩잖아하다가 이내 맑은 눈으로 바라보는 어린이들의 동심을 마주하면서부터 시인의 마음은 서서히 열리기 시작했다.

"시를 쓴다는 건, 세상을 조금 다르게 바라보는 일이에요."
시인은 천천히 손짓을 섞어 말을 이어갔다.
"누군가는 하늘을 보고 그냥 하늘이라 말하지만,
시인은 그 안에서 마음의 창문을 보기도 해요."
급하게 자리를 대신 채우긴 했어도 아이들과 엄마들은 시인의 강연에 몰입한 듯 고개를 끄덕였고 다행스럽게도 강연장은 어느새 화기애애한 분위기로 가득 찼다.

　그날의 주제와 주인공은 결국 시와 아이들이었다는 사서 선생님의 후일담 속에는 큰 걱정을 들어 낸듯한 안도감마저 느껴진다. 지금도 도서관이나 서점에서 그 시인의 시집을 만날 때면 그때의 추억도 함께 소환된다. 도서관은 그런 사람들의 긴박한 마음도 함께 담아낸 곳이다.

고요를 택한 사람들

 작은 도서관의 아침은 늦게 시작된다. 문은 오전 10시에 열리고, 하루 근무 시간은 다른 곳보다 한 시간 짧다. 그래서 급여도 복합커뮤니티센터 내 위치한 동 단위 도서관 사서보다 조금 더 적다. 하지만 개중에는 오히려 그곳을 더 선호하는 사서들도 있다.

그 도서관은 작고 한적했다. 여러 사람이 들락거리는 북적임 대신 창가로 스며드는 햇살과 스쳐 가는 바람이 방문객을 대신할 때도 많았다. 똑딱거리는 시계 초침 소리가 메아리로 되돌아올 만큼 고요했다. 휴대전화 문자, 벨이라도 울리지 않는 날이면 자신이 세상에서 잠시 잊힌 사람처럼 느껴질 때도 있었다. 그래도 그녀는 사람에 치이지 않는다는 게 얼마나 다행인지 모를 거라면서 오히려 만족해했다.

복합커뮤니티센터의 도서관은 다들 최신 건물이라 쾌적하고 출퇴근도 편리해서 근무 여건도 좋은 데다 활기도 넘쳤다. 하지만 그 활기 속에서 그녀는 사람 사이의 말, 말 사이로 언뜻언뜻 내보이는 뾰족한 마음, 그 틈에서 상처받고 지쳐가는 이들을 여러 번 보아왔다. 그러함에도 불구하고 그들은 서로의 불편한 관계가 겉으로 드러나는 것만은 부담스러워했다.

표정과 말은 조심스러웠지만 누가 누구를 불편해하는지, 누가 누구를 의식하고 경계하는지는 말하지 않아도 느낌으로 다 안다. 도서관의 공기는 늘 조용한 듯하면서도 때로는 어색한 분위기가 감도는 공간으로 변할 때도 있었다. 동료라고 해서 늘 좋은 관계만 있는 건 아니다. 결이 맞는 이와 같은 공간에서 함께 일을 한다는 것이 얼마나 힘든 일인지 새삼 깨닫기도 한다. 함께 일하며 웃던 사람이 며칠 뒤에는 면접장에서 나란히 앉아 서로의 점수를 가늠하는 순간도 있다.

그녀는 어느 날, 작은 도서관으로 자리를 옮겼다. 누군가는 그게 손해 아니냐고 해도 마음은 오히려 조금 더 평화로워졌다. 점심시간에는 싸 온 도시락을 꺼 내 먹으며 창밖을

바라보았다. 시가지에서 벗어난 읍면 소재지답게 조금만
눈을 돌려도 주변에는 황금빛으로 물든 들녘이 펼쳐져 있
었다. 그녀의 하루는 그런 익숙한 장면으로 채워졌다.

도서관이라고 책만 있는 곳은 아니고 책을 읽을 수 있는
책상만 있는 곳은 아니었다. 당연하게도 그곳에는 사람들의
마음도 함께 머무르는 공간이었다. 그녀에게 있어서는 세상
과의 거리를 잠시 조절할 수 있는 작은 우주이기도 했다.

세대 차가 300년이라니

도서관은 언제나 조용하다. 그러나 그 고요함 속에도 사람의 세계는 있다. 책처럼 가지런해 보이지만 그 속을 들여다보면 다 제각각의 모습을 하고 있다. 그중에서도 세대의 차이는 생각보다 크다. 서로 다른 시대를 살아온 사람들이 한 공간에서 일할 때 그 공기는 가끔 의도치 않게 부딪칠 때도 있다.

젊은 세대는 빠르다. 디지털 장비에도 익숙하고, 행정 시스템도 척척 다룬다. 하지만 속도에 너무 집중하다 보면 정작 중요한 사람과의 관계를 놓치기도 한다. 분명 효율적이긴 한데 왜 이렇게 말이 차가울까 하는 순간이 있다.

반면 연륜 있는 선배들은 여유롭고 섬세하다. 하지만 그 여유가 종종 답답함으로 비치기도 한다. 젊다고 해서 다

총명한 것은 아니다. 나이가 많다고 해서 다 현명한 것도
아니다. 경력과 세월이 곧 이해심이나 배려심을 보장하지
는 않는다. 본래 사람의 모습이란 나이보다 마음의 크기로
드러나는 게 아니던가.

때로는 그 접점이 이루어질 때도 있다. 서로의 방식이 달
라도 한쪽이 잠시 멈춰 상대를 이해하려 할 때 그 간극은
조금씩 좁혀진다. 하지만 그런 날은 많지 않다. 대부분은
왜 그렇게 생각하고 행동할까 하는 생각들이 쌓여 작은 균
열을 만든다. 어느 날 누군가 말했다.
"선생님은 너무 감정적으로 일하세요."
그 말은 비판이라기보다 단순한 의견이었을지도 모른다.
그런데도 받아들이는 마음 한구석은 불편하다. 감정 없이
일하는 것이 과연 옳은가? 책과 사람을 대하는 일이 숫자
처럼 냉정할 수 있을까?

또 다른 날에는 마치 자기 자신이 세상 모든 이치를 다
깨달은 것처럼 온갖 간섭을 하는 사람도 있었다.
"이래라, 저래라, 이게 옳다, 저게 옳다."
"출근하면 무엇부터 어떻게, 복장은, 말투나 표정은, 상
사와 연장자에게는 어떻게……."

책에서나 보던 말들이 막상 그의 입 밖으로 쉴새 없이 쏟아 나왔을 때의 당혹감. 그날은 책장에 손이 닿을 때마다 한숨이 날렸다. 그녀는 족히 300년은 됨직한 세대 차이를 그날 하루에 다 느꼈다고 했다.

그렇다고 동년배라고 해서 편한 것도 아니다. 비슷한 나이의 사람들 사이에도 거리감이나 불편함이 있다. 어떤 이는 늘 자신의 기준으로만 세상을 본다. 이른바 온 세상이 자신을 중심으로 돌아가는 줄 아는 공주마마님 유형. 일은 제대로 하지 않으면서 누가 자신을 챙겨주나, 누가 자신에게 웃어주나만 관심을 둔다.

도서관의 고요를 깨는 건 무슨 커다란 사건이나 사고에서 시작되는 것이 아니라 관계에서의 마찰음 같은 사소한 일에서부터 시작된다. 그런 일이 반복되다 보면 참을성보다 체념이 먼저 온다. 그 마음이 쌓이면 결국 서로는 말을 아끼게 된다. 분위기는 더 무거워지고 입은 닫혀간다. 하지만 그런 공간 속에서도 따뜻한 순간이 있다. 예상치 못한 공감 또는 짧은 인사 한마디에 마음이 스르르 풀리기도 한다.

세대의 간극은 쉽게 메워지지 않지만 그래도 진심은 여

전히 통한다. 사람이란 존재는 사람 때문에 지치기도 하고 또 사람 때문에 버티기도 한다. 이곳 관계도 완벽하지 않지만 어쩌면 그래서 더 인간적일지도 모른다.

그래도 나이보다는 마음

사회생활을 마치고 늦은 나이에 사서가 되신 분이 있었다. 도서관 현장에서 첫발을 내디딘 젊은 20대 사서직 공무원이 그곳에 배치되면서 그들은 자연스레 한 팀이 되었다. 두 사람의 나이 차이는 무려 40년을 뛰어넘었다. 하지만 한 세대를 훌쩍 넘는 거리임에도 처음부터 호흡이 잘 맞더라고 했다.

대개 이런 정도의 세대 차이라면 일의 방식과 말투, 생각의 차이가 확연히 드러날 때가 많다. 하지만 이들은 큰 갈등 없이 함께 일하던 다른 이들과도 좋은 관계를 이어갔다. 그런 걸 보면 꼭 세대 차이가 관계에서 커다란 장벽으로만 작용하는 건 아닌 모양이다.

지금도 그들은 근무지가 바뀌면 먼저 연락을 주고받는

다. 새로운 동료는 어떤지, 일은 잘 맞는지 안부를 묻곤 한다. 짧은 시간을 함께 보냈다는 이유만으로 지금까지도 관계를 꾸준히 이어가고 있다는 사실. 40년이 넘는 시간의 간격을 생각하면 참 대단한 인연이다.

세대가 다르고 걸어온 길이 달라도 만나기만 해도 편안해지는 사람이 있다. 이 두 사람의 관계가 딱 그랬다. 나이 차이가 벽이 되지 않고 오히려 다름만큼 더 넓게 이해하고 더 깊게 손을 내밀 수 있는 사람들. 그런 관계는 직장에서 쉽게 만나는 인연이 아니다.

그분과 삼겹살에 소주 한 잔을 나누다 보면 웃음꽃이 끊이지 않는다. 어쩌다 당구라도 치게 되는 날이면 '한 판 더 했으면'하는 마음으로 은근히 미소를 보낼 때도 있다. 그럴 때면 꼭 천진난만한 소년 같다.

주말이면 아내와 단풍 구경을 간다며 좋아하는 파크 골프 약속도 미루곤 했다. 일터에서는 성실한 사서로, 퇴근 후에는 한 사람의 자상한 남편으로 본인의 자리에서 충실한 사람. 그런 모습에서 가족을 향한 깊은 애정이 자연스럽게 느껴졌다.

　도서관이라는 공간은 조용하고 단정한 공간이지만 그 안에서 만들어지는 인간관계는 쉽지 않다. 사람은 함께 있어보면 본모습을 알게 된다고 하지 않던가. 서로의 하루를 지켜보며 작은 기쁨과 걱정이라도 함께 나누고 힘든 날에는 서로의 울타리가 되어 주는 관계. 그게 그들에게서 느낀 가장 따뜻한 풍경이었다.

수박이 자라는 도서관

 어느 날, 그녀가 도서관 뒤편의 작은 화단으로 나를 데려간 적이 있다. 그동안 한 번도 그곳을 유심히 본 적이 없는, 조금은 숨겨진 곳이었다. 햇빛이 적당히 스며들고 바람이 조용히 지나가는 자리. 그곳에 수박 넝쿨 두 포기가 자라고 있는 거였다.

"누가 수박 먹고 씨 뱉었는데 그냥 이렇게 자란 거래요."

그녀가 웃으며 말했다.

계획된 정원도 아니고 정성껏 가꾼 밭도 아니었다. 그냥 우연히 자리를 잡은 것뿐인데 그 작은 생명을 모두 함께 조금씩 들여다보며 거름도 주고 비가 오면 걱정하고 햇빛이 너무 강하면 그늘도 만들어주고 있었다.

"진짜 잘 자랐죠? 다들 얼마나 귀하게 여기는지 몰라요."

매사 끊고 맺음이 분명한 그녀지만 환한 미소와 밝은 표정, 사람을 쉽게 내치지 않는 성정이 어디서 비롯되는지 알 것 같았다.

연말 채용 시즌은 누구에게나 긴장되는 시간이다. 공고가 뜨는 순간부터 마음이 심란해진다. 서로의 표정 하나하나가 어딘가 모르게 조심스러워진다. 그녀 역시 그 무렵 힘든 시기를 맞이하고 있었다. 그러던 어느 날 저녁, 우리는 간단히 식사를 마치고 나서 실내 대형 화면에서는 야구 중계가 나오는 곳을 찾아 맥주 한 잔과 함께 여러 이야기를 나눴다.

우리는 그녀를 향한 뻔한 조언보다는 듣기에 집중했다. 말이란 건 가끔 그저 흘러나오게 두는 것만으로도 사람을 살게 한다. 그리고 얼마 뒤 그녀가 다른 곳에 합격했다는 기쁜 소식이 들려왔다. 그녀가 근무하는 도서관을 방문한 날, 그녀가 특유의 환한 미소와 함께 텀블러 병을 우리에게 선물로 건넸다.

"그때 너무 고마웠어요. 그 조언들이 위로와 함께 제게 큰 힘이 되었거든요."

한 사람을 응원한다는 건 거창한 일을 하는 게 아니라

그 사람이 무너질 것 같은 순간에 옆에서 조용히 어깨를 내주는 일이다. 언젠가 서예가 한 분으로부터 행복이란 글자를 받으면서도 그런 설명을 들은 적이 있다. 사람이 사람에게 줄 수 있는 진짜 힘은 대부분 그런 순간에서 나온다. 진정한 응원이란 마음에서 마음으로 전해져 더 멀리, 더 깊이 가 닿는 법이다.

도서관의 불청객

설마 도서관에서 그런 일이 있으리라고는 상상조차 하지 못했다. 그날도 도서관은 여느 때와 다름없는 일상처럼 보였다. 여전히 창문 사이로 햇살이 책장을 환하게 비추고 있었다. 그녀도 언제나처럼 반복적으로 서가를 돌며 책의 위치를 정리했다. 하지만 그 반복되던 일상의 고요는 너무도 쉽게 깨졌다.

안쪽 서가로 이동한 그녀는 책장 사이로 보이는 모습에 경악했다. 그곳에는 한 중년 남성이 우리가 바바리맨이라 부르는 범죄자의 모습 그대로 자신을 적나라하게 드러내고 있었기 때문이었다. 그 사람은 바지는 입지 않고 외투만 하나 풀어헤친 채로 그곳에 서 있었다.

순간, 그녀의 머릿속은 하얗게 비어버리고 손끝이 떨렸

다. 심장은 빠르게 뛰었고 입술은 말라붙었다.

"이대로 도망쳐야 하나, 고함을 쳐야 하나…."

그 짧은 찰나에 오만 생각이 다 스쳐 갔다. 다행스럽게도 그녀는 상황을 재빨리 인지하여 주변에 있는 동료에게 조용히 도움을 요청했고 호들갑스럽지 않게 신속한 조치가 이루어졌다. 모든 것이 빠르게 정리됐음에도 그녀의 마음 속에는 여전히 깊은 그늘이 생겼다.

그날 이후 그녀가 책장 사이를 지날 때마다 그림자가 사람 형상으로 보이거나, 꼭 누군가 서 있을 것만 같아 등줄기가 서늘해질 만큼 트라우마도 겪었다고도 했다. 그런 일은 뉴스에서나 나올 이야기였다. 하지만 그녀에게 그건 뉴스가 아니라 현실이었다.

'그런 일을 이곳에서, 나 자신이 직접 겪다니….'

그녀는 이후로도 오랫동안 안쪽 그곳의 서가는 눈길을 주는 것조차 부담스러워했다.

그런 일을 저지르는 사람들은 자신이 남긴 공포의 무게를 모른다. 어쩌면 그런 모습을 즐기려는 것일지도 모른다. 타인의 놀람과 두려움을 통해 자신의 존재를 확인하려는 비틀린 욕망. 그 어둠이 스쳐 간 이후 사서의 마음은 한

동안 얼어붙었다가 한참 후에야 그녀는 일상의 평온을 되찾고 책을 다시 집어 들었다. 그렇다고 해서 그날의 기억이 완전히 사라진 것은 아니다. 이용객을 보는 마음 한쪽에는 경계심이라는 심리적 담장도 생겼으니까….

서비스가 종료되었습니다

도서관에서 근무하다 보면 참으로 다양한 민원을 만나지만 그중에서도 꾸준하고 오래가고 은근히 지치는 민원은 프린트 관련 민원이다. 아이러니하게도 프린트 서비스가 없어져서 생긴 민원인데도 그로 인한 민원은 여전히 끝이 없다. 서비스가 종료된 지 벌써 3년이 다 되어가는데 오늘도 누군가는 도서관 문을 열고 들어와 프린트 출력을 할 수 있는지 묻는다.

그 질문은 도서관의 계절처럼 반복된다. 그렇다고 프린트가 가능하던 때는 모든 게 매끄러웠느냐 하면 또 그렇지도 않았다. 이용자가 본인 카드로 직접 결제하고 출력하는 시스템이었음에도 막상 화면 앞에 서면 당황한 분들이 많았다. 각종 옵션 선택에서 막히고, 출력 버튼이 어디 있냐며 물어보고, 잘못 눌렀다며 다시 도와달라고 하고….

사서는 그럴 때마다 그 옆에서 작은 콘솔처럼 출력에 실패한 이용자를 조용히 지원하곤 했다.

특히 노인 일자리 지원 서류 제출 기간에는 도서관 한쪽에 자연스레 줄 비슷한 것이 생겼다. 각자 자기 카드를 들고 결제 화면에서 헤매는 분들이 많아 사서에게 도움을 요청하곤 했다. 한 분이 이력서를 출력하면 바로 뒤에서 같은 종이를 출력하려는 분도 등장했고 이력서 작성을 직접 부탁하는 분들도 있었다. 도서관이 인쇄소와 취업상담소, 복지센터의 경계를 조용히 넘어 다니는 이상한 공간이 된 셈이었다. 그 외중에서도 한 사서는 부모님 생각이 난다며 시간이 허락하는 한 도와드리기도 했다.

하지만 프린트 서비스가 유료였다고 해도 도서관의 수익으로 돌아오는 건 아니었다. 대여업체가 수익의 대부분을 가져가고 도서관은 오히려 매달 몇만 원씩 대여료를 납부하는 구조였다. 예산이 빠듯해지면서 제일 먼저 중단할 수밖에 없는 서비스였다. 프린트는 그렇게 사라졌지만, 여전히 찾는 사람들은 사라지지 않았다.
"급한데 한 장도 안돼요?"
"왜 여기선 안 해줘요?"

"예전엔 됐잖아요."

막무가내 프린트해달라고 억지를 부리는 사람, 급한 일인데 한 장만 해달라고 읍소하는 사람, 어쩔 수 없는 걸 뻔히 알면서도 기분 나쁜 말이란 말은 다 하고 가는 사람, 상위 기관에 민원 넣겠다고 하는 사람….

그중에서도 가장 진이 빠지는 경우는 따로 있다.

"서비스 종료 공지 어디에 했어요? 공지 공문 있어요?"

"며칠 동안 어떤 방식으로 공지했는지 보여주세요."

도서관의 프린트 서비스 중단은 예산과 정책 변화 속에서 자연스럽게 이뤄진 일이지만 그분에게 중요한 건 그 흐름이 아니라 왜 오늘 내가 필요할 때 그 서비스가 없어졌는지에 대한 불만의 표출이었다.

사서는 설명하고 또 설명하며 관련 자료도 제시해 보지만 그 마음까지 달랠 수는 없었다. 그렇게 무기력하게 응대를 마친 날이면 하루를 다 채우기도 전에 몸보다 마음이 먼저 지쳐 있다. 정작 도서관의 본업은 책과 사람을 잇는 일인데 오늘 하루의 에너지는 프린트 한 장을 대신하지 못해 소진되는 셈이다.

도서관의 하루는 늘 그렇다. 사서는 민원이란 부업이 절로 따라붙는 직업이며 그 부업으로 인해 감정의 상태는 이리저리 뒤틀린다. 가끔은 허탈한 웃음도 난다. 프린트 한 장 때문에도 참 많은 일이 일어나지만, 내일 또는 다음 날에라도 누군가는 또 물을 것이다.

"선생님, 프린트 되나요?"

예열 시간이 긴 아이들

오후 서너시쯤 특정 나이의 학생들이 단체로 올 무렵이면 도서관 입구에서부터 조금 요란하다. 멀리서부터 들려오는 왁자지껄한 소리는 마치 도서관 앞 나무에 참새 떼가 내려앉는 풍경과 닮아있다. 같이 들어왔다가 혹은 흩어질 듯하다가 삼삼오오 모여 앉는다. 책보다 서로의 말을 더 많이 나눌 때도 있고 숙제에 치여 단어장을 뒤적거릴 때도 있다. 끊임없이 속삭이는 친구가 있는 반면에 어떤 친구는 귀를 막는다.

자리에 앉으면 조용해지려나 싶어도 본격적인 속삭임은 그때부터 시작된다. 친구의 신발이 바뀌었다거나 오늘 급식이 별로였다는 등 정작 독서나 공부와는 아무 관련 없는 이야기들이다. 책이 가까이 있어도 서로의 표정과 수다가 더 중요한 나이들이다.

시험 기간이라고 크게 달라지지도 않는다. 교과서와 문제집을 손에 들고 들어오지만 실제로 펴기까지는 제법 긴 예열 시간이 필요하다. 그러다 어느 순간 벽시계를 보다가 화들짝 놀라 그제야 참고서를 펴고 문제집을 펼치는데 또 다시 서로의 모습이 우스운지 또 킥킥대며 계획과 다른 시간을 보낸다.

간혹 이 활기찬 소란 속에서도 한구석에 앉아 책장을 넘기는 친구도 있다. 말없이 단어장을 펴고 문제를 풀고 차분하게 하루를 쌓아가는 모습. 누가 보지 않아도 묵묵히 공부하는 그 작은 집중력은 참으로 기특하기도 하다. 이 학생들은 서로의 취향을 인정하며 서로의 태도를 개의치 않는다. 서로를 인정하고 지켜줘야 할 거리를 배운다.

이 친구들이 머물다간 자리는 언제나 웃음과 에너지로 가득 찬다. 우르르 몰려왔다가 또 우르르 빠져나가고 나면 열람실은 금세 다시 고요해진다. 그러나 그들이 남기고 간 작은 소란은 한여름 어느 나무에 붙은 매미 소리처럼 한동안 자리를 떠나지 않고 귓가에 윙윙거린다. 그 참새떼 같은 아이들이 한바탕 날아왔다가 흩어지는 모습을 바라보는 일도 사서에게는 도서관의 하루에서 익숙한 장면이 되었다.

제3부

함께 도서관을 지키는 사람들

문 앞의 미소

도서관을 찾는 이들이 가장 먼저 만나는 사람은 경비 선생님들이다. 그들은 단순히 문을 지키는 사람이 아니다. 주차장의 안내자이자 때로는 이용객의 불만을 흡수하는 완충막이기도 하다. 아침이면 늘 같은 자리에 서서 차량의 흐름을 정리하고 불편을 호소하는 이들의 말을 묵묵히 들어준다.

"오늘은 날이 좀 춥네요."

그 짧은 인사에도 따뜻한 배려가 묻어난다. 하지만 그들의 하루는 쉽지 않다. 지하주차장이 만석일 때면 통로에 암체처럼 주차해버린 차량 때문에 인상이 찌푸려지거나 얼굴이 굳어질 때도 있다. 심지어 전화번호조차 가려놓은 운전자가 있어 연락조차 할 수 없을 때도 있다. 그렇다고 해서 손 놓을 수는 없다. 숨바꼭질이 시작되는 것이다.

때때로 더 큰 일이 벌어지기도 한다. 출근길에 좋은 자리를 차지하려는 두 운전자가 주차장 사이에서 살짝 부딪히면 차량보다 먼저 목소리가 충돌한다. 볼륨은 점점 커지고 말은 점점 빨라진다. 그때마다 경비 선생님들은 중재자 또는 심판 혹은 방패처럼 두 사람 사이에 서서 상황을 정리한다. 도서관의 고요를 수호하는 첫 번째 방어선이 바로 그들이다.

한 번은 상호대차 업무용 전기차를 충전하려 코드를 꽂아놓고 책 박스를 마저 정리하러 갔다가 정신없이 하루를 마무리한 뒤 깜빡하고 그대로 퇴근해버렸다. 그날 저녁, 모르는 번호로 전화가 왔다. 차 앞 유리에 적어둔 번호를 보고 경비 선생님이 연락을 주신 것이다.

"충전코드 그냥 뽑으면 되나요?"

그 목소리가 어찌나 다정하게 들리던지, 죄송함과 함께 감사함이 동시에 밀려왔다. 보이지도 않는 전화기 너머로 거듭 고개를 숙이며 죄송하다고 인사드리면서도 한편으론 그분들 덕분에 마음 한구석이 든든했다.

안 보이는 곳에서 도서관의 하루를 지탱하는 사람들이 늘 이렇게 묵묵히 일을 하고 있다는 사실이 새삼 고마웠다.

도서관의 문을 사서가 열기 전 그 앞의 하루를 만드는 사람
은 경비 선생님들이다. 하루의 시작과 끝이 그들의 손끝에
서 이어진다. 책이 사람을 품는다면 그들은 사람을 품는 문
이다.

조용한 빛

우리 도서관에는 우리가 '반장님'이라 부르는 청소 베테랑이 계신다. 해마다 많은 사람이 들어오고 나가기도 하지만 그분만은 항상 중심에 서 있었다. 언젠가 출입구 현관 옆 정수기에서 물을 마시다가 바로 옆에서 화분을 정리하고 계신 반장님을 마주친 적이 있다.

바나나 껍질로 커다란 벤자민 나무의 잎을 하나하나 일일이 닦아내고 있었다. 그렇게 닦아냈더니 잎에 광택도 나고 영양분이 잎으로 흡수되면 나무에게도 좋을 것 같다며 이전부터 계속 그렇게 해왔다고 말씀을 하신다. 직장을 내 가정처럼 생각하는 모습을 보면서 평소 가진 내 생각이 그릇되지 않았구나 하고 생각해본다.

한편, 다른 지역의 복합커뮤니티센터에서 청소를 맡은

여사님들도 있다. 복컴이라 부르는 그곳에는 지역 주민들이 이용할 수 있도록 도서관이 설치되어있다. 그들은 언제나 밝은 인사로 하루를 연다. 혹시나 주차장에서라도 마주칠 때면 멀리서부터 손을 흔들며 크고 밝은 목소리로 서로가 질세라 먼저 "안녕하세요!"를 외친다.

그 인사 하나는 아침 햇살보다 빨리 공간을 환하게 비추고 그 미소 하나가 마음을 부드럽게 만든다. 대부분 60대, 70대의 나이지만 누구보다 생기가 있고, 작은 일에도 웃음을 잃지 않는다. 그들의 손끝이 닿은 자리는 마치 새것처럼 깨끗이 빛나고 지역 주민들이 이용하는 복합커뮤니티센터는 다시 새 얼굴로 단장한다. 우리는 일을 하면서 그들이 가진 꿈과 열정, 희망을 보았다. 삶이 익어가는 그들의 모습에서 사람을 배운다.

도서관을 잇는 사람들

 매일 일정한 시간대가 되면 흰색 혹은 회색 승합차가 도서관 주차장에 멈춘다. 책이 가득 든 플라스틱 상자와 청색 가방을 들고 내리는 상호대차팀.

그들은 오전과 오후, 각 도서관을 순회하며 시민들이 요청한 도서를 받아보기 편리한 도서관으로 옮기고 반납된 도서는 원래의 도서관으로 옮기는 역할을 한다. 도서관과 도서관을 잇는 보이지 않는 다리 같은 사람들이다. 그들은 자신이 하는 일에 대한 책임감뿐 아니라 자부심 또한 강한 사람들이었다.

그중 한 여성 근로자는 특히 활기가 넘쳤다. 이 책의 공동 저자이기도 한 그녀는 특유의 "안녕하세요! 좋은 하루 되세요!"라는 인사 한 마디로 도서관 안의 공기를 단숨에

바꾸는 힘이 있다. 친화력은 물론 유머 감각도 뛰어나서 가끔은 책보다 그분의 이야기를 기다리는 사서도 있다. 업무 담당자와 사적 대화를 나누면서도 책을 내리고 담으며 혹시라도 잘못된 책 분류나 정리는 기가 막히게 찾아낸다. 한마디로 멀티 플레이가 가능한 재주꾼이다.

교대로 편성되는 팀원 중에는 아재 개그로 분위기를 풀어주는 이도 있다. 그가 누구냐고 묻는다면 주변에서 아마도 나를 지목할 것이다. 책이 너무 무겁다는 선생님들의 말에 나는 웃으며 대답한다.
"그 책에는 글자가 많이 들어가 있잖아요."
이런 싱거운 말 한마디에도 다들 웃음을 빵 터뜨린다.

특히 만우절이 되면 우리가 늘 써먹는 단골 농담이 있다.
"다들 오늘 도서관 앞에 새로 생긴 사찰에 가던데요? 선생님은 거기 안 가세요? 선물꾸러미도 하나씩 주던데."
올해는 안 속아야지 하면서도 1년이 지나면 또 속는 분들이 대부분이다. 그 절 이름이 뭐냐고.

그들의 웃음 속에서 도서관은 아침을 맞는다. 책이 오가고, 인사가 오가고, 그 사이로 하루가 열린다. 시민들과 도서관이 연결되는 그 지점. 상호대차팀은 그렇게 그 역할을 묵묵히 수행해 왔다.

도서관의 버팀목들

도서관의 시스템이 제대로 작동하는 건 보이는 곳에서건 보이지 않는 곳에서건 꼼꼼하게 업무를 챙기고 적극적으로 지원하는 분들의 뒷받침 덕분이다. 도서 정책을 수립하고 예산을 뒷받침하며 시설을 유지 관리할 수 있도록 분야별로 책임을 다하는 이들, 우리가 주무관이라 부르는 사서직 공무원들이다.

도서관마다 언제나 환한 미소로 하루를 여는 미소 천사님이 있다. 이른 아침에 사무실 출근부에 서명이라도 할 때면 언제나 먼저 밝은 목소리로 인사를 건넨다. 때로는 도서관 데스크에서 사서 선생님의 역할을 하며 아침마다 만날 때도 있었다.

"안녕하세요? 선생님, 오늘 표정이 너무 좋아 보여요."

환한 미소와 함께 그런 인사를 주고받을 때마다 그들의 진솔한 마음도 함께 전해진다. 짧은 순간에도 서로의 일상을 공유하며 일로서만이 아닌 진솔한 마음의 교감을 나누기도 한다. 주고받는 인사 한마디로 하루가 즐겁게 시작된다. 깊은 유대감, 업무에 대한 책임감과 보람은 본래 그런 작은 일에서부터 싹트는 법이다. 어쩌다 퇴근길에 같이 치맥이라도 나눌 때면 세대를 떠난 세상 사는 이야기가 종횡으로 오간다.

가장 높은 층에 있는 도서관이 있다. 도서관 이용객은 많은데 엘리베이터가 단 한 대뿐이라 상호대차팀이 무거운 책 상자를 가지고 와서 정리를 마치고 나갈 때면 엘리베이터 앞에서 늘 기다림이 생기곤 했다. 그걸 안 그곳의 주무관님은 항상 먼저 나와 미리 버튼을 눌러서 엘리베이터를 호출해주었고, 책이 많기라도 하는 날이면 기다렸다가 사람과 책이 안전히 탈 때까지 버튼을 눌러 주곤 했다. 그 세심한 배려는 백 마디 말보다 더 따뜻했다.

상호대차팀은 외근을 주로 하다 보니 업무 전후로 잠시나마 쉴만한 공간이 없었는데 그분의 노력으로 자그마한 공간이나마 확보할 수 있었다. 무더운 여름날, 스타렉스 차량의 뒷좌석은 에어컨 바람이 제대로 전달되지 않아 몹시 고통스럽다. 그분이 어떻게 알았는지 고맙게도 미니 선풍기를 구매해서 운행 간 활용토록 조치도 해 주었다.

다른 한 주무관님은 아주 짧은 순간의 대화 속에서도 상대의 관심사를 기억하고 공감하며 적극적으로 소통의 노력을 기울인다. 운동을 좋아하는 우리에게는 이렇게 대화를 시작한다.

"선생님. 어제 축구 보셨어요? 와 정말, 도대체 감독이 무슨 생각으로 그런 전술을 쓰는지 기가 막히네요."

"야구 보러 가고 싶은데 예매하기가 너무 어려워요."

그 몇 마디로 그들과의 거리는 그렇게 급속히 가까워졌다. 특히나 응원팀이 같을 때 느끼는 그 동질감이란 아는 사람은 다 안다. 마치고 나오면서 우리는 서로 주먹을 불끈 쥐며 파이팅을 외친다.

일을 시작한 지 얼마 되지 않았을 때, 주차장에서 차량을 꺼내다가 앞에서 갑자기 튀어나오는 차를 피하느라 순간적으로 후진하다가 업무 차량이 벽에 부딪힌 적이 있었다. 한쪽 문짝이 많이 구겨진 만큼 난감한 상황이었지만 도서관 측에서 모든 사후처리를 해 주었다. 업무 중 발생한 일인 만큼 소속 근로자에게 불이익이 발생하지 않도록 하겠다는 그들의 말이 참 고마웠다. 그런 마음이 소속기관에 대한 신뢰와 책임감으로 이어졌다.

1년 차가 지나고 2년째에 접어들 무렵, 채용공고가 나와야 할 시기에 담당 주무관 두 분과 짧은 커피 타임이 있었다. 업무 이야기를 주고받던 중 채용 관련 주제로 이야기가 넘어갔다. 올해는 별도 채용공고 없이 전원 재계약을 하겠단다. 다들 처음에는 멍한 듯 있다가 한 타임 늦게 고맙다는 반응이 나왔다. 계약직 직원들의 고용 안정을 위해 애써준 그들의 배려에 지금도 깊은 고마움을 간직하고 있다.

우리가 사용하는 의자가 불편하지 않으냐면서 의자를 교체해 주신 주무관님은 우리가 상호대차 나가는 길에 해당 도서관에 전달할 비품 등을 부탁할 때마다 감사의 뜻을 표현하곤 했다. 답례로 도서관 옆 카페에 팀명으로 적립을 해두고선 일 마치고 목이 마를 때면 차 한잔 드시라고 배려도 해주었다. 그런 따뜻한 마음이 너무 좋다.

민원이 생기면 가장 먼저 나서서 해결하는 터미네이터 주무관님도 있었다. 사서들이 애써도 해결하기 어려운 상황을 깔끔하면서도 단호하게 처리했다. 불편한 상황에도 결코 자신의 감정을 내보이지 않는다. 그런 일 처리와 도움은 사서들에게 있어 그야말로 천군만마였다. 그들의 일상적인 친절은 의무가 아니라 습관이었다.

그들은 서로의 다름도 이해하고 작은 일에도 감사할 줄 알았다. 그들의 따뜻한 한마디는 하루를 기분 좋게 했다. 물론 그분들도 바쁘다. 행정 업무에다 민원도 상대해야 하고 새로운 프로그램도 기획해야 한다. 그런 일상 속에서도 그들은 가끔 도서관의 창밖을 가리키며 하늘이 너무 아름답다며 짐짓 여유를 보이기도 한다. 도서관에도 낭만은 있다.

마음을 빼앗기다

 도서관에서 오래 일하다 보면 유난히 마음이 가는 사람들이 생긴다. 그들이 하는 일이나 직급 때문이 아니라 그 일을 대하는 태도 때문에 정이 간다. 상호대차라는 일이 의외로 사람을 많이 보는 일인지라 그들의 성정을 가까이서 관찰할 기회가 자주 있었고 그러다 보니 어느 틈엔가 그들에게 마음이 갔다.

시립도서관이 개관하기 전 아직 내부 공사가 한창이라 먼지가 사방으로 떠다니던 시절이 있었다. 책은 커녕 책장도 들여오지 않았고 그저 사무실 공간 한 칸만 겨우 마련한 채 몇몇 직원이 먼저 출근해 개관 준비를 하던 때였다. 그때 한 주무관이 상호대차 업무가 도서관으로 이관되었다며 방문해달라고 연락이 왔다.

문이 잠겨 있어 들어가는 방법을 몰라 전화를 걸자 얼굴도 모르던 그 친구가 먼지를 헤치고 나와 문을 열어주었다. 묵직한 1층 출입문이 열리는 순간, 폐건축자재가 여기저기 쌓여 있는 먼지투성이의 공간에 한번 놀라고 그 속에서 밝게 웃으며 서 있는 예쁜 아가씨의 모습에 또 놀랐다. 지저분한 공사현장 속에서 그녀만은 유난히 쨍하게 빛났던 기억이 아직도 눈앞에 생생하다.

초창기 팀원들은 많이 고생했다. 책장 하나 들어오거나 책 한 박스 들어올 때마다 마치 뼈대만 있던 도서관에 이제야 조금씩 근육이 채워지는 느낌이었다. 근무 여건도 지금보다 훨씬 열악해서 상호대차는 2인 1조가 원칙이었지만 한 명만 아파도 혼자 스타렉스를 운행하며 다녀야 했다. 책 박스가 많으면 캐리어에 한 번에 실리지 않아 주차장과 도서관을 몇 번씩 오가야 했다.

그 무거운 박스들을 들고 땀을 식히기도 전에 또 들고 올라가야 하는 고단함이 그날 방문할 도서관마다 이어졌다. 그런데 그 친구가 힘든 티도 내지 않고 웃는 얼굴로 아무 일 아니라는 듯이 업무를 지원해줬다. 어떤 사람의 웃음은 힘을 빼는 게 아니라 힘을 더해주는 경우가 있다. 그녀가 그랬다.

또 다른 한 분은 복컴 내 도서관에서 근무하던 분이었다. 내가 부득이하게 혼자 근무하는 날이면 주차장까지 내려와 책을 같이 들어주거나 공익근무요원에게 도움을 요청해주곤 했다. 그 배려가 얼마나 고마웠는지 모른다. 그분의 인성에 반해서 나는 어느새 그분의 열렬한 1호 팬이 되어 있었다.

어느 여름날, 그날따라 혼자 땀을 뻘뻘 흘려가며 박스를 옮기고 있는데 그분이 1층 카페까지 내려와 이슬처럼 물방울이 송송 맺혀있는 음료 한 잔을 말없이 내 손에 쥐어주고 갔다. 그날 마셨던 그 한 모금이 더위에 지친 하루를 시원하게 뒤바꿔 놓았다.

한 젊은 주무관도 있었다. 어느 해엔가 정말 힘들게 하는 동료 팀원이 있었는데 무슨 불만과 투정이 종일 이어지는지 그야말로 바람 잘 날이 없었다. 누구라도 버티기 힘들 법한 상황이었지만 그 친구는 얼굴색 하나 변하지 않고 해야 할 일을 정확하게, 그러면서도 빠르게 척척 처리해 나갔다. 나는 그 모습을 보며 속으로 감탄했다. 그녀는 일의 기술만이 아니라 사람을 대하는 태도와 마음까지도 야무진 사람이었다.

가끔은 그런 생각을 해본다. 도서관은 아무리 먼지가 자욱해도, 공사 자재가 쌓여 있어도, 불편한 민원이 쏟아져도 그 안에서 환하게 웃는 사람들이 도서관의 불빛이 되어준다는 사실을. 그리고 나는 그 불빛 중 몇 명을 알고 있다. 그 사람들 덕분에 도서관이라는 공간이 더 좋아졌고 일이라는 것이 더 견딜 만해졌다.

그들의 모습을 떠올리면 참 좋은 사람들 사이에서 일했다는 생각에 절로 뿌듯해진다. 도서관이라는 이름 뒤에 자신을 숨긴 이 조용하고 뜨거운 사람들, 나는 그들을 오래도록 기억할 것이다.

자원봉사 선생님들과 시니어 선생님들

 도서관의 평온하고 조용한 하루 속에는 이름 없이 오가는 많은 사람의 정성이 들어있다. 그 중에서도 자원봉사 선생님들과 시니어 일자리 선생님들은 사서들의 바쁘고 빽빽한 하루에 마치 윤활유 같은 역할을 해주시는 분들이다.

책 반납함을 비우고 자료를 정리하고 새 책의 비닐을 벗겨낸다. 작은 일처럼 보여도 그들의 손끝 하나하나는 도서관에 분명한 힘이 되어주었다. 때로는 오래된 책의 먼지를 털며 자신이 예전에 읽고 감명을 받은 책이라고 말하며 미소를 짓기도 한다. 그 미소는 책 냄새와 섞여 공간을 한층 따뜻하게 만든다.

일 자체를 좋아하고 즐기신다는 느낌을 그분들께 받곤

한다. 그분들의 모습을 뵈노라면 언젠가 읽었던 전 삼성전자 고동진 사장의 저서 「일이란 무엇인가」 중에서 "일은 단순히 생계를 위한 수단이 아니라 나 자신을 발견하는 과정이다"라는 구절이 절로 떠오른다.

자원봉사 선생님 한 분은 지금도 강의 등으로 바쁘신데도 불구하고 거의 매일처럼 도서관으로 출근하신다. 가끔은 도시의 공원이나 하천변에서 환경정화 봉사도 하신다. 한 손에는 집게, 한 손에는 쓰레기봉투를 든 모습이 낯설지 않았다. 그에게 봉사란 삶의 습관이었기 때문이다.

또 한 분의 여성 시니어 선생님은 일흔을 훌쩍 넘겼지만 여전히 누구보다 젊고 건강하시다. 아침에는 마라톤을 뛰고 주말에는 산을 오르며 틈날 때면 트래킹, 수영으로 하루를 채운다. 몇 해 전까지만 해도 산악자전거 동호회에서 활동하시기도 했다. 뵐 때마다 우리에게 같이 마라톤을 하자며 권유하시던 그분의 한 마디 한 마디에는 여전히 삶의 활력이 넘친다.

또 다른 여성 시니어 선생님은 배우는 일을 삶의 중심에 두고 사셨다. 도서관 일을 하는 시간 틈틈이 수채화를 배우고 파크골프를 배우고 이제는 어반 스케치에 도전 중이다. 책과 그림 그리고 웃음이 섞인 그녀의 하루는 언제나 다채로운 색으로 채워졌다.

업무차 들릴 때마다 온화하고 환한 미소로 맞아 주시는 시니어 선생님들의 모습이 각 도서관 곳곳에 있다. 그분들로 인해 도서관은 사람의 향기로 채워진다. 그분들은 단순히 도서관의 운영에 도움이 되는 사람들이 아니라 책과 사람, 사람과 사람 사이를 이어주는 작은 징검다리였다. 자신의 역할에 안주하지 않고 끊임없이 다음을 준비해가는 삶의 정원사 같기도 했다.

그러고 보면 도서관은 어쩌면 사람이 키우는 정원일지도 모른다. 누가 보지 않아도 식물들이 잘 자라는 듯이 보이는 정원. 하지만 그 안에는 늘 누군가의 사랑스러운 손길이 있었다.

방학은 아직 끝나지 않았다

 연휴와 방학이라는 단어는 많은 사람에게 달콤하다. 아침 알람을 끄고 늦잠을 잘 수 있는 시간, 가족과 여행을 떠날 수 있는 여유, 책을 펼쳐도 되고 책을 덮어도 되는 나른한 휴식의 기간. 하지만 도서관 사람들에게 이 단어는 조금 다르다. 그건 잠시의 쉼이 아니라 곧 닥칠 폭풍의 신호다.

연휴 전날, 사서들은 문을 닫기 전부터 바빠진다. 마치 겨울을 앞둔 다람쥐처럼 책을 쌓고 목록을 정리하고 반납함을 비워둔다. 대출대 앞에는 마지막 손님들이 몰려든다.

"이거 연휴 지나서 반납해도 되죠?"

그 물음에 사서들은 늘 같은 미소로 답한다.

"네, 반납은 반납함에 해주세요."

하지만 속으로는 안다. 그 연휴 이후가 바로 전쟁의 시작이라는 걸.

연휴가 끝난 날, 문이 열리면 도서관은 한순간에 질식하듯 숨을 잃는다. 반납함은 이미 책으로 꽉 차 있고 책들은 서로의 무게에 눌려 찌그러져 있다. 책갈피에는 마른 은행잎이 끼어 있고 책 사이에는 사탕 포장지도 숨어 있다. 책은 돌아왔어도 도서관의 평화는 아직 멀었다. 사서들은 장갑을 끼고 묵묵히 손을 움직인다. 바코드를 찍고 표지를 닦고 분류표를 붙인다. 가끔은 손가락 끝이 마르고 허리가 쑤신다.

어떤 사서들은 연휴 중간에 출근하기도 한다. 정해진 근무가 아니어도 그렇게라도 정리해 두지 않으면 연휴 뒤 닥칠 일 폭탄이 감당되지 않는다는 사실을 그들은 안다. 긴 연휴 기간 중 고요한 도서관 안에서 혼자 반납함을 비우는 일은 살짝 외로울 때도 있다. 그래도 그 외로움을 버틴 시간 덕분에 연휴 다음 날의 혼돈이 조금은 줄어든다.

그리고 그 뒤에는 또 다른 팀이 전쟁이 기다린다. 이번에는 상호대차팀 차례다. 그들은 연휴 뒤가 되면 그렇게 쌓인 각 도서관의 책을 여러 상자에 나눠 담고 캐리어로 실어 옮겨서 차량에 적재한 후 다시 각 도서관으로 나른다. 어림잡

아도 평소의 두세 배는 되는 양이 이 시기에 집중적으로 쏟아진다.

여름방학과 겨울방학은 특히 더하다. 학생들이 떠났다가 돌아오면 도서관은 다시 북적인다. 책을 빌리고 또 반납하고, 또 빌리고. 카트는 금세 꽉 차고 통로에는 상자들이 늘어서 있다. 도서관은 여러 사람들이 내뿜는 분주함의 열기로 가득 채워진다.

상호대차팀은 무거운 가방을 들고 계단과 엘리베이터를 오르내리며 하루에도 수많은 도서관을 드나든다. 책을 옮기고 서명을 받고 다시 차에 싣는다. 그들의 반복되는 하루는 곧 도서관의 질서다. 그래서 도서관 사람들의 방학은 조금 늦다. 학생들이 학교로 돌아가고 연휴의 여파가 가라앉고 책이 제자리를 모두 찾을 때 그제야 그들은 진짜 방학이 끝났다며 짧게 한숨을 내쉰다.

방학이나 긴 연휴는 다른 누군가의 보이지 않는 수고로 완성된다. 그 수고 덕분에 도서관은 늘 제시간에 문을 연다. 그래서 도서관의 연휴는 조용하다고 결코 쉬운 시간이 아니다. 책이 돌아와야 비로소 도서관의 하루가 완성된다는 걸 그들은 모두 알고 있다. 그들이 손끝으로 닦아낸 한 권 한 권의 책 속에는 그들이 보낸 방학과 연휴 그리고 그들의 소중한 삶이 함께 묻어 있다.

엘리베이터는 또 다른 도서관

 도서관으로 향하는 길 엘리베이터의 문이 닫히고 나면 세상은 잠시 멈추고 아주 작은 무대가 펼쳐진다. 그 안에서는 수많은 얼굴들이 오간다. 책을 든 손, 아이의 손을 잡은 손, 짐을 든 손, 그리고 서로를 스치며 인사하는 손. 충수를 알리는 불빛 아래에서 하루의 무게와 온도가 교차한다.

어떤 날에는 낯선 여성 한 분이 조심스레 올라탔다. 손에는 반납할 책 한 권이 들려 있었다.

"이건 제가 빌린 도서관으로 직접 가야 반납이 되는 거죠?"

그녀의 말투에는 약간의 걱정이 묻어 있었다.

"아니요, 괜찮아요. 어느 도서관에서 빌리셨든 여기서 반납하시면 됩니다. 타관 반납이라고."

내가 웃으며 말하자 그녀는 두 손으로 책을 꼭 쥐었다.

"그래요? 그런 제도도 있었어요? 세상에, 몰랐네요."

그녀의 얼굴이 밝게 피었다. 그 미소는 마치 도서관의 불빛처럼 은은했다. 그날 이후, 그분은 그 도서관을 종종 이용했다. 책이 사람을 잇는 순간이란 늘 이렇게 훈훈하고 따뜻하다.

또 어떤 날에는 젊은 엄마가 아기와 함께 올랐다. 한 손에는 유모차, 다른 손에는 우유병과 조그만 빵 조각. 엄마는 아기에게 빵을 쪼개어 건네며 속삭였다.

"이건 엄마 거 아니야. 우리 아기 거야."

아이는 입가에 빵가루를 묻히며 깔깔 웃었고 그 웃음은 엘리베이터 안 벽에 부딪혀 부드럽게 퍼졌다. 그 순간, 사람들은 모두 같은 방향으로 미소를 지었다. 아기의 눈이 마주친 낯선 어르신도, 책을 든 학생도, 모두가 잠시 마음을 내려놓았다. 그 작은 웃음 하나가 하루의 피로를 다 씻어내는 듯했다.

또 다른 장면 하나. 엄마와 함께 타던 어린애가 엘리베이터 안의 사람들에게 조심스레 인사했다.

"안녕하세요."

엄마는 아이의 머리를 쓰다듬으며 말했다.

"상호대차 선생님들이야. 인사드려야지."

아이는 다시 또박또박 말했다.

"감사합니다."

그 인사는 너무 순수해서 그 안의 모든 이들이 잠시 말을 멈추었다. 그럴 때면 그들에게 책을 연결해 주는 역할을 하는 우리의 마음도 보람으로 가득 찬다. 도서관의 하루는 이렇게 누군가의 인사 하나로 완성되기도 한다.

하지만 언제나 그렇게 다정한 순간만 있는 건 아니다. 어느 날, 엘리베이터 문이 닫히려는 찰나 계단으로 간다는 아이와 엄마의 말다툼이 들렸다.

"싫어, 나 계단으로 갈래."

순간 '탁' 하는 소리가 났다. 엄마가 아이의 뒤통수를 내리친 것이다. 엘리베이터 안의 공기가 멈췄다. 모두가 숨을 고르며 눈을 돌렸다. 아이는 울지도 않았다. 더 혼날까 싶은지 조용히 입술을 깨물고 있었다.

그 장면이 강하게 뇌리에 남았다. 도서관은 책의 집이기도 하지만 삶의 그림자를 비추는 거울이기도 하다. 그날 나는 문득 생각했다. 우리가 매일 오르내리는 이 공간이 참 다양한 인간의 얼굴을 담고 있다고.

며칠 뒤, 작은 사고가 하나 있었다. 도서관 아래층 어린이집에서 미술 수업을 하러 온 선생님이 엘리베이터에 올랐다. 엘리베이터가 멈추고 선생님이 내리는 순간 위태롭게 캐리어 위에 올려져 있던 종이 박스가 '툭' 하고 터졌다. 안에 들어있던 색연필, 크레파스, 색종이, 장난감이 와르르 바닥으로 쏟아져 여기저기 어지럽게 흩어졌다.

우리는 서둘러 허리를 굽혀 색연필 하나, 종이 한 장까지 줍고 담았다. 그녀는 얼굴이 빨개져 연신 "죄송해요, 죄송해요"를 반복했다.

"괜찮습니다. 도와드릴게요."

우리는 그 상자를 캐리어에 실어 직접 어린이집까지 배달했다. 우리에게 상호대차 업무란 책만 옮기는 일이 아니었다. 그날은 마음도 발걸음도 가벼운 날이었다.

그리고 오늘, 할아버지 한 분이 땀을 뻘뻘 흘리며 커다란 쌀 포대를 들고 엘리베이터로 들어오셨다. 근처에서 쌀을 받아오신 모양이었다.

"이거 무겁지 않으세요?"

"어유, 괜찮아요."

하지만 표정은 힘들어 보였다. 우리가 캐리어에 쌀 포대

를 직접 실어 지하주차장의 할아버지 차 있는 곳까지 옮겨
드리기로 했다.

"차가 어디세요?"

"바로 저기, 그 흰색 차."

그런데 차 문이 열리지 않았다. 그 차는 할아버지 차가
아니었다. "저쪽이었나?" 몇 번을 헤매고서야 겨우 찾을 수
있었고 그때까지 우리 동료는 쌀 포대를 메고 할아버지를
계속 따라다녀야 했다.

그제야 할아버지가 계면쩍게 웃으며 말했다.

"에구, 내가 쌀은 잘 챙겨도 차는 잘 못 챙기네."

그 말씀에 다들 한바탕 큰 웃음을 터뜨렸다.

우리가 엘리베이터 안에 잠시 머물지라도 이렇듯 그 안
에는 감사, 다정함, 서두름, 피로, 그리고 때로는 부끄러움
까지 사람의 하루가 고스란히 담겨 있다. 그래서 우리는 이
작은 공간을 도서관으로 향하는 인생의 복도라고 부른다.

도서관을 찾는 사람들

 도서관은 조용한 이미지와 달리 실제로 사람 냄새가 가득한 저음(低音)의 시장통에 가깝다. 잠깐 숨 돌리러 오는 사람이 있는가 하면 새로운 출발을 준비하기도 하고 그냥 이대로도 괜찮다는 듯 자리를 지키는 사람도 있다. 책을 읽는 평온한 모습과 달리 마음속은 다들 제각각 분주하여 흡사 무언의 에너지들이 충충이 부딪치는 작은 우주와도 같다.

아침에 유모차를 밀며 들어서는 젊은 엄마, 혼자 가방을 둘러메고 오는 아이들, 떼로 몰려와 사라지는 중학생들, 책 속에서 인생의 힌트를 찾는 직장인과 취업 준비생들. 거기에 하얀 머리칼을 정갈히 빗고 들어서는 어르신들까지 도서관이 품은 연령대는 출생에서 은퇴까지 생애 전 구간을 아우른다.

도서관마다 한두 분씩 자주 보는 노신사분들이 있다. 언제 왔는지도 모르게 어디선가 풍겨오는 존재감이 있다. 그분들은 대개 출입문 가까운 자리에 앉아 신문을 펼친다.

책장을 넘기는 소리가 아니라 신문의 거대한 날개를 퍼덕이는 소리가 들린다. 이들이 안보이면 오히려 걱정이 될 정도다.

이분들의 독서 패턴은 늘 비슷하다. 오자마자 거의 신문 정독을 하고 세상을 관찰하는 코스로 움직인다. 비가 오나 눈이 오나 계절과 상관없이 늘 같은 자리에 계신다. 여름에는 편한 반바지 차림이고 겨울에는 겉옷을 의자에 걸어놓

고 셔츠 하나로 버티는 소탈한 복장이다.

도서관 문이 열리는 소리가 나면 가장 먼저 고개를 드는 것도 이분들이다. 누가 들어오는지, 오늘 이용객 분위기는 어떤지, 소음은 어디서 시작됐는지 작은 움직임 하나도 예민하게 포착한다.

그러다 보면 어느새 사서보다 도서관 사정에 더 정통해져 있는 분들도 많다. 책장의 작은 변화와 집기의 이동, 신규 도서 배치 상황까지 기가 막히게 아신다.

가끔 창가 자리에 두꺼운 인문학 서적을 꼼꼼히 읽는 연세 지긋한 노신사분도 있다. 이마에 손을 짚고 조용히 책갈피를 넘기는 모습이 멋스럽기까지 하다.

세상의 속도를 이미 한 바퀴 돌아본 이들이 여전히 배움의 자리에서 생각을 정리하고 문장을 곱씹는 모습은 사서의 마음을 숙연하게 만든다.

눈에 잘 띄는 긴 의자에 부부로 보이는 백발의 남녀가 책을 읽는 모습도 보인다. 그 모습이 아름다워서 저렇게 나이 들어 가고 싶다는 욕구가 저절로 들었다. 대개의 금슬 좋은 노부부라면 어디 산책이라도 하거나 함께 할 수 있는 다른 활동을 할 법도 한데 두 분이 나란히 책을 본다는 건 남들의 시선을 의식하는 게 아니라 진정 책이 좋고 그 시간이 좋아서 같이 도서관을 찾은 게 아닌가 하는 생각이 들었다.

한쪽에는 자격증 공부를 하는 또래의 여성분도 있다.

두꺼운 교재를 여러 권 쌓아두고 노트에 꼼꼼히 필기를 하는 모습이 보인다. 볼펜을 쥔 손끝이 부지런하게 움직이고 간혹 안경을 고쳐 쓰는 동작에는 결연한 기운이 묻어 있다. 그 연세에도 뭔가에 도전하는 마음은 존경심을 뛰어넘어 경이롭기까지 하다.

이분들에게는 늦는다는 개념이 없어 보인다. 가끔 인생의 어느 챕터를 떠올리는 듯 허공을 오래 바라보는 모습도 종종 보인다. 하지만 신문이든, 인문학이든, 자격증이든, 모두 자신만의 리듬으로 도서관을 찾고 그 무엇이든 배움을 놓지 않는 마음만큼은 닮아 있다.

이 분들이 앉은 잠시 자리를 지나치기라도 하면 "고생 많으십니다"라고 밝게 인사해준다. 그 짧은 말 한마디가 사서의 마음을 쓰다듬는다.

동년배끼리 오가며 건네는 인사들은 또 얼마나 친근한지. 가벼운 농담과 웃음이 오가며 서로의 일상을 지지하고 격려해 주는 것 같다.

도서관이 무사히 하루를 시작하게끔 이분들이 자리를 지
키고 있는 느낌이 들어 고맙기도 하다.

이분들의 도서관으로 향하는 발걸음이야말로 그 누구보
다 능동적인 삶의 증거가 아닐까 하는 생각이 든다.

제4부

도서관의 하루 끝에서

참새 방앗간

작은 도서관을 돌아다니다 보면 자연스레 마음이 향하는 곳이 있다. 일종의 '참새 방앗간'이었다. 우리가 업무차 돌아다니는 일정이 아무리 힘들거나 빡빡해도 들릴 때마다 마음이 편해지는 장소다.

처음 그곳에서 사서 선생님을 만났을 때 말보다 먼저 따뜻한 차 한 잔을 건네주셨다. 그 한 잔이 그냥 음료라기보다는 당신 오늘도 고생했다는 말 없는 인사 같아서 차를 마시며 5분쯤 앉아 쉬었다. 그렇게 차를 건네주는 횟수가 거듭되자 감사하면서도 한편으론 미안한 생각도 들기 시작했다.

그래서 다음에는 우리가 근처 마트에서 과자와 쿠키를 사 들고 갔다. 이게 뭐라고 싶은 소소한 먹거리였지만 사서 선생님은 그걸 또 커피와 함께 "같이 드세요"라며 우리에게 나누어주었다. 우리가 과자를 사 가면 사서 선생님은 간식을 얹어주고 우리는 또 다음 주에 더 나은 과자를 고르고. 못 말리는 간식 사다리 게임처럼 그렇게 서로를 배려하는 마음이 깊어졌다.

이 친절은 다음 해에도 이어졌다. 사서 선생님이 바뀌어도 차는 계속 나왔다. 도서관 인수인계 항목에 상호대차 오면 차 한 잔 필수라는 문구가 있던 걸까? 마치 이곳에서는 이렇게 하는 게 국룰이라는 듯 자연스러웠다.

한 해 또 한해가 바뀌면서 그곳에는 또 다른 따뜻한 존재가 생겼다. 파견된 시니어 선생님이었다. 그분은 우리가 도착하면 너무도 당연하다는 듯 차를 내어놓으셨다. 선물 받았다는 박하차도 맛보라며 주셨는데 그날은 내 인생에서 처음으로 박하차라는 걸 마신 날이었다. 입안 가득 퍼지는 시원한 향에 나는 조금 당황했고 시니어 선생님은 맛을 음미하는 나의 표정을 흥미롭게 바라보았다.

겨울이면 따뜻하게 마시라고 머그컵을 꺼내주셨는데 내가 씻기 힘들다며 종이컵을 쓰겠다고 해도 금방 식는다며 허락하지 않았다. 결국 나도 더 이상 말리지 못하고 이 도서관의 암묵적 환대라고 그 친절을 받아들이기로 했다.

참새 방앗간의 배려는 계절에도 민감했다. 겨울에는 우리가 언제쯤 도착할지 가늠하며 미리 커피포트에 물을 올려두었고 여름이면 도착하자마자 정수기에서 가장 차가운 물을 받아다 건네셨다. 이 정도면 도서관이 아니라 휴게소가 아닐까 의심할 정도였다.

무엇보다 마음이 따뜻했던 건 그분들 역시도 우리처럼 내년을 기약하기 어렵고 일이 언제 끝날지 모르는 처지였다는 점이다. 사정이 그러함에도 우리의 하루와 피로를 챙기며 상호대차가 사라진다는 소식에 누구보다 마음 아파해주었던 사람들이었다.

이곳은 우리가 뜻밖에도 가장 따뜻하고 가장 사람 냄새 나는 배려를 받은 곳 중 하나였다. 어쩌다 잠시 늦을 때라도 항상 우리가 오길 기다려주는 곳. 책뿐만이 아닌 마음의 교환이 이루어지는 곳이다. 아마 그래서 우리는 그곳을 참새 방앗간이라고 불렀는지도 모른다.

도서관은 콜센터?

 도서관에는 돌아오지 못한 책들이 있다. 잠시 나갔다 돌아올 줄 알았던 책들이 여러 날을 넘기며 어느 집의 책장 한켠 혹은 장롱 아래 먼지 속에서 장기 체류 중이다. 며칠의 연체는 이해할 수 있다. 하지만 2천 일, 3천 일이 지나도 돌아오지 않는 책이 있다. 그렇게 시간을 잃어버린 책들이 의외로 많다.

사서들은 주기적으로 대출 지연도서 반납 독려 전화를 건다. 전화기 앞에 앉은 순간 도서관은 조용한 공간에서 갑작스레 콜센터로 변신한다. 부드럽고 조심스러운 목소리로 "책 반납 기한이 조금 지났습니다"라는 말을 반복한다. 정작 사서는 상담원 교육을 받은 적도 없는데 상대방의 숨소리 하나까지 해석해야 하는 상황이 펼쳐진다.

전화 너머에서 들리는 말들은 다양하다. 독려 전화를 받고 미안한 마음에 바로 반납하는 사람, 책을 분실했다는 사람, 기약 없이 미루는 사람, 다른 지역으로 이사한 사람 등등. 그 모든 패턴을 이미 알고 있으면서도 사서들은 매번 처음 듣는 이야기인 것처럼 차분하게 대응한다.

책을 분실한 경우에는 같은 책을 가져오면 반납 처리가 가능하다. 중고판도 괜찮다. 절판되어 그마저 어렵다면 비슷한 내용의 아무 책이라도 한 권 가져와 달라는 최대한의 배려를 해도 "알겠다"며 말만 남기고 미루는 사람들이 있다. 이들과 통화하는 마음은 늘 복잡하다. 약속이 희미해지는 만큼 책이 잊히는 시간도 길어진다.

가끔은 초등학생이 전화를 받는다. 아직 거짓말이 서툰 나이라 "내일 꼭 가져갈게요." 하며 잠시 머뭇거린다. 그 서투름 속에는 미안함과 두려움이 뒤섞여 있다. 그 목소리를 들은 사서는 침묵한다. 도서관은 혼내는 곳도, 단호하게 굴어야 하는 곳도 아니다. 그저 그 침묵은 책이 연체된 시간만큼 도서관이 인내해온 시간이다.

다른 지역으로 이사해 책을 반납할 의지조차 사라지는

경우도 있다. 그럴 때는 책이음 서비스를 통해 그곳에서 대출시 연체 페널티를 적용하자는 제안도 나온다. 책이 한 지역의 경계를 넘어 사람의 약속을 이어주는 끈이 되기를 바라는 마음에서다. 그러나 현실은 늘 다르다. 전화기를 내려놓은 사서의 얼굴 위로 피로감이 몰려온다.

그리고 어쩌다 아주 가끔, 무슨 기념일처럼 오랜 연체 끝에 책이 돌아오는 날도 있다. 하지만 문제는 그다음이다. 책이 돌아오긴 돌아왔는데 표지가 반쯤 뜯겨 있기도 하고 페이지 한 장이 통째로 사라지기도 한다. 어떤 책은 스티커가 덕지덕지 붙어 유치원 미술 시간을 거쳐온 듯한 모습으로 돌아온다.

그럴 때 사서들은 잠시 말이 없다. 책을 펼쳐보며 마음속으로 짧게 생각한다.

"이 책은 도대체 무슨 일을 겪은 걸까? 이대로 반납 처리를 해도 될까?"

그러다 곧 '그래도 돌아온 게 어디냐'는 마음으로 받아들이곤 한다. 매번 기대하고 매번 실망하면서도 또 다음 사람에게 전화를 건다. 언젠가는 책이 돌아올 거라는 믿음을 안고 말이다.

걱정하는 마음

그해 겨울, 밤새 얼어붙은 도로 위로 차량이 미끄러지고 뉴스 기사에는 29중 추돌 사고가 났다는 소식이 속보로 계속 뜨고 있었다. 출근길 버스는 아예 멈춘 듯했다. 창밖에는 구급차 사이렌 소리가 요란했고 버스 안의 사람들은 하염없이 창밖만 바라볼 때, 마침 그 버스에 탑승했던 한 주무관은 이런 생각이 들었다고 했다.

"이렇게 도로가 막히면 오늘 상호대차 선생님들은 괜찮으실까…."

자신이 탄 버스의 예상 도착시간 보다 먼저 매일같이 도로 위를 오가며 책을 나르고 가방을 들고 도서관과 도서관을 이어주는 우리를 걱정해 준 거다. 젊은 주무관의 그 한마디에 마음이 뭉클했다. 자신만이 아닌 다른 누군가의 하루를 떠올리고 그가 무사하기를 바라는 일. 도서관이라고 해서 결코 책으로만 가득한 건 아니었다.

계절은 어느새 한여름으로 바뀌었다. 그날은 아무 예고도 없었다. 맑던 하늘이 갑자기 흑색으로 캄캄해지더니 순식간에 집중 폭우가 쏟아졌다. 빗줄기는 비가 아니라 그야말로 거대한 폭포수 같았다. 버스는 도로 위에서 꼼짝도 하지 못했다. 창밖은 물보라 치는 해안가나 다름없었다. 오죽했으면 가까운 신호등조차 보이지 않을 정도였으니까. 그때 업무차 버스를 타고 이동하던 한 젊은 사서도 폭포수 같은 세찬 빗줄기를 마주하며 그 역시 우리가 걱정되더라고 했다.

그는 평소 말이 적은 사람이었다. 겉으로는 무뚝뚝하고, 농담 한마디도 없던 츤데레 같은 친구. 하지만 그 한마디에는 그의 진심이 다 담겨 있었다. 그는 늘 그렇게 행동으로 마음을 전했다. 책을 정리할 때면 말없이 옆에서 자연스럽게 손을 내밀었다. 우리가 책을 분류할 때 많은 사서 선생님 중 유일하게 곁에서 함께 책을 옮겨주며 도움을 주던 그의 손길과 따뜻한 마음, 지금도 잊을 수 없다.

도서관이라는 곳은 책이 숨 쉬는 공간이지만 그 안에서

일어나는 일들은 결국 사람의 마음에서 출발한다. 서로를 염려하고 묵묵히 돕는 모든 작은 배려가 모여 도서관의 하루를 완성한다. 그러한 하나하나의 향기가 사라지지 않는 한 도서관은 언제나 사람으로 환할 것이다.

오가는 정^情

상호대차 업무를 하다 보면 도서관을 오가는 것은 책만이 아니라는 사실을 바로 알게 된다. 사서들 사이에서 조용히 오가는 커피, 초콜릿, 건빵, 콤부차, 각종 드링크 등의 작은 간식들. 그것들이 어느새 도서관의 또 다른 '순환 자료'가 된다. 책처럼 대출 기록도 없고 반납 기한도 없지만 누가 언제 무엇을 건넸는지는 또렷하게 기억에 남는다.

간식에도 각자의 성정과 취향이 묻어난다. 과일을 좋아해 늘 신선한 과일을 챙겨주는 분이 있고 연배 있는 선생님은 젤리를 한 움큼 쥐여주곤 한다. 월요일이면 묵은 피로를 풀고 활기차게 시작하라며 커피 한 잔을 건네는 이도 있고 당 떨어질 때 드시라며 슬며시 초콜릿이나 사탕을 챙겨주시는 분도 있다.

본인이 다이어트 중이라며 다이어트 음료나 단백질 음료를 주는 사람, 비건 간식을 주며 새로운 맛을 소개하는 사람, 몸이 피곤해 보이면 아무 말 없이 비타민 음료를 책 박스 안에 넣어주는 사람도 있다.

작고 소박한 간식들이지만 건네는 그들의 손길에는 따뜻한 마음이 담겨 있다. 그 속에는 혹시나 지쳤거나 흐트러졌을지 모를 마음의 조각들을 조용히 어루만져주는 배려가 담겨 있는 것이다. 마치 책이나 친구를 대하는 듯한 모습처럼 편안하고 자연스럽다. 그분들 중에는 다른 팀원의 몫까지 꼼꼼히 챙겨주는 분들도 있다.

특히 연말이 되면 종류는 더욱 풍성해진다. 각자 받아온 간식이 휴게실 책상 위를 조금씩 차지한다. 누구 하나 말하지 않아도 그 간식이 모이는 곳에는 자연스레 웃음도 모인다. 새해가 되면 서로 정들어버린 사람들끼리 다른 도서관에서 일해 얼굴을 보지 못할 수도 있다는 사실이 간식의 양과 종류를 은근히 늘려놓는 듯했다.

헤어짐을 말로 직접 표현하는 대신 간식을 나누며 한 해의 고단함을 달래고 조용히 서로의 안녕을 기원한다. 이 작은 정성은 그저 먹거리를 나누는 일이 아니라 책을 사이에 두고 일하는 사람들이 아주 소박하게 마음을 건네는 방식이었다. 과하게 친절하지는 않아도 그렇다고 아무도 무심하지도 않은 관계. 간식 하나에 담긴 마음은 생각보다 오래 남아 우리를 미소 짓게 하곤 한다.

우리가 서로를 기억하는 방식은 꼭 책을 거치지 않아도 좋았다. 그들의 배려는 이렇듯 한입 크기로 다가와 책보다 먼저 도착하는 작은 순환 자료가 될 때도 있으니까. 각각의 번호로 정리되는 책과 달리 사람은 나누는 마음으로 정리될 수 있다는 것도 이 일을 하며 알게 된 큰 수확이 아닐까 싶다.

만남과 이별 사이에서

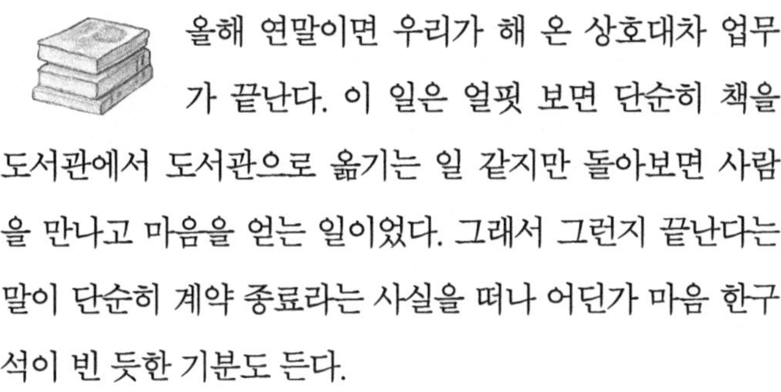 올해 연말이면 우리가 해 온 상호대차 업무가 끝난다. 이 일은 얼핏 보면 단순히 책을 도서관에서 도서관으로 옮기는 일 같지만 돌아보면 사람을 만나고 마음을 얻는 일이었다. 그래서 그런지 끝난다는 말이 단순히 계약 종료라는 사실을 떠나 어딘가 마음 한구석이 빈 듯한 기분도 든다.

상호대차를 하던 동안 참 많은 사람을 만났다. 이런저런 상황 속에서도 웃음을 잃지 않는 사서 선생님들, 빈틈없이 일을 챙기면서도 배려에 익숙했던 담당 주무관님들, 잠깐 스치듯 만나도 왠지 모르게 마음이 편해지던 복합커뮤니티의 선생님들과 여사님들. 그분들과 보낸 시간이 참 좋았다. 그건 업무를 통해 억지로 가까워진 관계가 아니라 일을 하다 보니 자연스럽게 쌓인 인간적인 호감과 공감 같은 거

였다. 그런 따뜻한 마음들이 어쩌면 우리에게 가장 큰 위로였는지도 모르겠다.

해마다 채용 시기가 끝나면 어떤 선생님들은 보이지 않았다. 그럴 때마다 마음이 허전했다. 그 사람이 쓰던 작은 책상, 그 사람이 자주 정리하던 코너, 그 사람이 건네던 말투들이 그 자리에 그대로 남아 있는 듯했다. 눈이 빨갛게 충혈된 채 마지막 인사를 나누던 분도 있었다. 자리가 비면 더욱 그 사람이 생각나기도 한다. 그게 이별의 첫 번째 얼굴이다.

그러다 몇 달 뒤 전해지는 이야기,
"누구 선생님, 어디 어디 도서관으로 갔어요. 이번에 합격하셨대요."
그런 소식을 들으면 괜히 가슴이 환하게 밝아졌다. 내 일도 아닌데도 마치 내 일처럼 기뻤다. 좋은 사람의 잘되는 모습은 언제 들어도 기분이 좋은 일이다. 이별이 관계의 끝이 아닌 만큼 당연히 잘됨이 다시 끈을 이어주는 인연도 있을 것이다.

이 일을 오래 하다 보니 참 재미난 일도 많이 있었다. 많은 사람을 접하다 보니 언제 어디서라도 누군가와 마주칠 수 있다는 사실도 알게 된다. 어느 날 엘리베이터에 젊은 여성 한 분이 탔다. 가볍게 눈인사를 하길래 나는 순간 어디서 봤는지 순간 머리를 굴렸지만 잘 떠오르지 않았다. 그때 옆 동료가 먼저 물었다.

"혹시 우리 어디서 봤죠?"

그녀가 웃으며 말했다.

"어디 어디 도서관요. 제가 오후 근무조라 자주는…."

아차 하면서도 서로 크게 웃는다. 예상치 못했던 곳에서의 만남은 가끔 당혹스럽기도 하지만 덕분에 이런 반전의 매력도 있다.

도서관을 드나들며 알게 된 복합커뮤니티센터에서 일하시는 분을 다른 지역 어느 주차장이나 마트에서 여러 차례 마주친 적도 있다. 그럴 때면 세상이 생각보다 좁다는 말이 실감 나게 다가온다. 사서 선생님이나 담당 주무관님들도 언제 어디서 내가 지나가는 모습을 봤노라고 종종 얘기한다. 때로는 그 말도 참 반갑다. 그건 서로가 서로에게 마음을 열어놓고 있다는 뜻이니까.

서로 간에 마음도 자연스럽게 나누다 보니 덩달아 세상

을 바라보는 눈도 조금 더 부드러워진 시간이었다. 이제 앞으로 어디에서 서로를 마주치더라도 우리는 아마 같은 마음으로 웃을 것이다. 엘리베이터에서든 마트의 통로나 주차장 한쪽에서든 어떤 순간이든 그때의 기억이 우리를 먼저 알아볼 것이다. 좋은 만남은 잘 헤어지는 법을 알려준다고 하지 않던가. 당연히 그때도 지금처럼 서로

"선생님. 너무 반가워요. 잘 지내시죠?"

그렇게 활짝 웃으며 인사를 나누길 기대해 본다.

이제 상호대차 업무는 우체국으로 넘어간다. 재정 상황을 보면 어쩌면 자연스러운 변화일지 모른다. 하지만 변화가 자연스럽다고 해서 마음마저 가벼운 건 아니다. 그래도 그동안 우리가 함께 보내온 시간은 그 나름대로 분명히 의미가 있었을 것이라 믿는다. 일을 시작할 때 가졌던 초심, 좋은 생각, 마음도 여전히 우리 마음속에 남아 있다.

불이 꺼지는 시간

밤 10시. 도서관의 불이 하나둘 꺼진다. 책장은 이미 정리되었고, 남은 의자 몇 개만이 조용히 어둠 속에 남아 있다. 사서는 마지막 순찰처럼 조용히 도서관을 한 바퀴 돌아본다. 그 발걸음은 익숙하면서도 매번 다른 느낌으로 다가온다. 책들도 밤에는 그 무게만큼의 평화를 품은 듯했다. 책상 위에는 온종일 앉아 있던 사람의 그림자, 연필 자국 등 오늘의 흔적이 남아 있었다.

어느 날 밤, 하나씩 스위치를 눌러가며 전등을 끄던 사서가 손길을 가만히 멈췄다. 책장 뒤편에서 인기척이 들렸기 때문이다. 그곳으로 조용히 다가가자 낯익은 이용객 한 명이 계면쩍은 얼굴로 서 있었다. 놀람을 일부러 감춘 채 태연한 척 물었다.

"아, 아직 계셨어요?"

“이제 나가려던 참이에요.”

늘 조용히 공부하던 사람, 오늘도 마지막까지 자리를 지키던 이였다. 문이 닫히자 사서는 긴 숨을 내쉬었다. 그 속에는 깜짝 놀랐을 때 들리는 심장의 쿵쾅거림도 섞여 있었다. 그녀가 다른 사람으로부터 그런 일로 민원을 한두 번 겪은 게 아니었으니까.

그가 나간 뒤, 도서관은 적막이 감돌았다. 얼핏 도서관 창가로 내다보이는 바깥세상의 모습과는 전혀 다른 세상인 듯했다. 하지만 그 사람이 떠난 자리에도 책은 남아 있었다. 그것은 도서관이 치열한 하루를 보낸 흔적이었다.

어디에나 빌런은 있다

도서관은 언제나 평화롭고 따뜻한 공간처럼 보인다. 책의 냄새와 잔잔한 음악, 낮은 목소리로 주고받는 인사 속에 마치 세상 모든 분쟁이 문밖에 남겨진 듯 느껴진다.

그러나 문 안으로 들어온다고 해서 모든 마음이 순해지는 건 아닌 것처럼 사람이 있는 곳에는 언제나 감정이 있고 감정이 있는 곳에는 갈등도 자라게 마련이다. 책이 쌓이는 공간에서 그 책을 관리하는 건 결국 사람의 몫이다. 사람은 저마다의 방식으로 하루를 보내고 자신만의 눈으로 세상을 이해한다. 그 다름이 때로는 서로 조화를 이루기도 하고 작은 균열이 되기도 한다.

도서관의 내부에는 보이지 않는 감정의 미세한 흐름 같

은 것이 있다. 이용객의 말 한마디, 행정 문서의 한 줄, 같이 일하는 사람의 표정 하나가 마음속에 남아 때로는 오래도록 지워지지 않는다. 어떤 이는 흐름을 살필 줄 알고 또 다른 이는 그 흐름을 외면하기도 한다. 모르는 이가 악의적인 건 아니다. 다만 무심한 한마디 말이 누군가에겐 깊은 상처가 되기도 한다. 저마다 표현하는 언어는 다른 법이니까.

책과 사람을 잇는 도서관이지만 그 안에서 일하는 사람들은 서로를 이해하기 위해 매일 노력한다. 그런데도 가끔 오해가 생긴다. 그런 마음들이 눈에 보이지 않는 균열을 만든다. 그 균열 때문에 떠나는 사람도, 남아서 그 틈을 메우는 사람도 있다. 책을 정리하는 일보다 사람의 마음을 정리하는 게 더 어렵더라는 말에도 공감하게 된다. 마음은 어디에 두어야 제자리가 되는지 알 수 없기 때문이다.

도서관에도 빌런은 있다. 그건 악당 같은 누군가가 아니라 우리 모두의 마음속에 잠시 머물곤 하는 어두운 그림자다. 무심한 말, 서운한 눈빛, 한 줄의 글에 새겨진 피로감이 그림자처럼 마음을 덮을 때가 있다. 그럴 때면 책장 사이에서 숨을 고르듯 잠시 하던 일의 손끝을 멈추고 스스로 물어본다.

'혹시 나는 어느 누군가에게 빌런이지는 않을까.'

책으로 세워진 공간이라도 결국 사람으로 유지된다. 그 안에는 따뜻한 마음도, 날 선 감정도, 인내하는 마음도 함께 산다. 이 모든 게 어우러져 오늘도 한 권의 도서관을 만든다. 그래서 나는 생각한다. 빛이 있다는 건 그만큼 그림자도 있다는 뜻이라고. 그림자가 있다는 건 그만큼 누군가가 빛을 발하고 있다는 증거라고.

어디에도 빌런은 있다. 하지만 그 빌런이 있다고 해서 이곳의 포근함이 사라지지는 않는다. 오히려 그 갈등을 지나온 사람들 덕분에 도서관은 더 인간적인 공간이 된다. 도서관은 완벽한 사람이 모여 만들어낸 천국이 아니라 불완전한 사람들이 서로의 삶을 배우며 함께 버티는 작은 세계다. 그래서 더 따뜻하고 더 아름다우며 언제나 사람으로 환하다.

조용한 마음들이 머물던 자리

이 글을 쓰는 동안 나는 다시 한번 도서관의 하루를 떠올리게 되었다. 책을 옮기는 분주한 손길, 서가 사이에 흐르는 잔잔한 숨소리, 조용히 웃어 주던 사람들의 표정, 그리고 그들이 스쳐 지나간 자리마다 남아 있는 마음의 흔적들.

처음 상호대차 업무를 시작했을 때는 그저 주어진 일을 성실히 해내면 되는 줄로만 알았다. 하지만 시간이 흐를수록 내가 하고 있던 건 일이라기보다 사람을 만나고 마음을 건네는 과정에 가까웠다는 걸 알게 되었다.

만남은 우연처럼 오고 이별은 어느 날 예고 없이 다가왔다. 새로 채용되어 애써 어색함을 숨기던 선생님, 작은 음료 하나로 마음을 전하던 동료들, 연말이 가까워질수록 긴

장과 기대가 뒤섞이던 공기 그리고 서로의 잘됨을 마치 내일처럼 기뻐했던 숱한 시간.

그 시간을 지나며 나는 사람에게서 오는 힘이 얼마나 큰지 확실하게 깨닫게 되었다. 상호대차 업무가 이제 다른 기관으로 옮겨가더라도 우리가 나눈 순간들이 사라지지는 않는다. 언제, 어딘가에서 서로를 스치더라도 그의 얼굴과 이름을 다시 떠올릴 수도 있고 가볍게 눈인사 정도는 나눌 수 있을 것이다.

짧지만은 않은 기간 동안 도서관이라는 공간 안에서 나는 많은 목소리를 들었다. 말하지 않아도 알 수 있는 마음, 작은 배려가 건네는 따뜻함 그리고 하루하루 성실히 살아가는 사람들이 남기는 잔향.

이 책은 그 잔향들을 기록해 둔 작은 그릇이다. 누군가는 스쳐 읽고 지나갈 것이고 누군가에게는 마음속에 오래 머무는 공간이 될지도 모른다. 한 가지 확실한 것은 이 기록들이 나에게만큼은 무척 소중했고 감사한 날들의 증거라는 점이다.

이 책을 덮는 지금도 나는 도서관의 조용한 복도와 그곳을 지키던 사람들의 얼굴을 떠올린다. 그 얼굴들 덕분에 내 하루도 조금 더 따뜻해졌다는 사실을 다시 한번 마음속에 적어둔다.

읽어주신 모든 분께 감사드린다.

그리고 이 글 속에 담긴 모든 사람들에게 작은 마음 한 자락을 전한다.

도서관은 사람으로 환하다

펴 낸 날 2026년 1월 21일

지 은 이   이룸, 다움
펴 낸 이   이기성
기획편집   권희연, 최인용, 이서은
디 자 인   김수미
책임마케팅 이수영, 김정훈
펴 낸 곳   도서출판 생각나눔
출판등록   제 2018-000288호
주   소   경기도 고양시 덕양구 청초로 66, 덕은리버워크 B동 1708, 1709호
전   화   02-325-5100
팩   스   02-325-5101
이 메 일   bookmain@think-book.com

• 책값은 표지 뒷면에 표기되어 있습니다.
 ISBN   979-11-7048-966-5(03810)